中国诗人

李良振 著

YUN
云
SHUI
水
YOU
悠
CHANG
长

北方联合出版传媒（集团）股份有限公司
春风文艺出版社
·沈 阳·

图书在版编目（CIP）数据

云水悠长／李良振著.—沈阳：春风文艺出版社，2019.6（2021.1重印）

（中国诗人）

ISBN 978－7－5313－5599－1

Ⅰ.①云… Ⅱ.①李… Ⅲ.①诗词—作品集—中国—当代 Ⅳ.①I227

中国版本图书馆CIP数据核字（2019）第085605号

北方联合出版传媒（集团）股份有限公司
春风文艺出版社出版发行
http://www.chunfengwenyi.com
沈阳市和平区十一纬路25号 邮编：110003
永清县晔盛亚胶印有限公司印刷

责任编辑：刘 维	责任校对：曾 璐
装帧设计：琥珀视觉	幅面尺寸：125mm × 195mm
印　张：6.5	字　数：120千字
版　次：2019年6月第1版	印　次：2021年1月第2次
书　号：ISBN 978-7-5313-5599-1	
定　价：45.00元	

版权专有 侵权必究 举报电话：024-23284393
如有质量问题，请拨打电话：024-23284384

总　序

中国是诗的国度。千百年来，人们沐浴在诗歌传统中，传诵着一代又一代诗人写就的经典之作。而伴随着现代社会和互联网的发展，信息的传播和接受更加便捷，诗歌的阅读与创作方式也在潜移默化中被改变，在信息量无限扩大的互联网世界，远离喧嚣、静赏诗意显得尤为珍贵。

中国诗歌网正是在这样的背景下应运而生。作为国家重点文化工程，中国诗歌网以建立"诗人家园，诗歌高地"为宗旨，迅速成为目前国内也是世界诗歌类互联网专业出版平台和中国诗坛最具权威性和影响力的文学阵地之一。

互联网时代诗歌创作的便捷激发了一大批诗歌爱好者与诗人的创作热情，他们在公交车上写诗，在工作间隙写诗，他们创作的诗歌作品贴近现实与生活，在追求好诗的道路上不断前进。春风文艺出版社有着久远的诗歌出版史,《朦胧诗选》和《汪国真诗词精选》曾一度畅销。近两年,春风文艺出版社一直致力于打造优质诗歌的品牌。本着推介中国当代诗人的原则,中国诗歌网与春风文艺出版社决定联合推荐出版"中国诗人"诗丛,共同打造"中国诗人"这一诗歌新品牌。该诗丛计划出版百部优秀诗集,在注重诗歌质量的同时,力求结合互联网与传统出版的优势,通过直观的文本呈现向读者介绍一批热爱诗歌、坚持诗歌创作的诗人,以期汇集中国当代诗歌优秀成果,展示当代诗人的创作实绩与创作风貌。

作为国家文化工程的中国诗歌网,推出"中国诗人"诗丛,也是在整个民族复兴的伟大进程中展示中国人崭新的精神风貌。因此,我们在百花齐放的诗坛,特别关注有家国情怀的厚重力作,提倡来自生活的独特发现,鼓励创新探索的艺术精品,推崇高雅纯真的诗情意趣。我们希望这套"中国诗人"丛书是体现诗坛正能量,能够引人向上、向善、向美的诗歌佳作。

我们满怀期待,我们也真诚希望广大诗人和诗歌爱好者关注这套诗丛,与诗同在,我们为此感到自豪和幸福。我们期待更多的诗人加入我们这套丛书,我们也期待这套丛书走进更多读者的心田!

叶延滨
2017 年中秋前夕于北京

序 一

　　良振、成志伉俪，余之弟子也。向闻其致力戏剧创作，卓有建树，艺苑知名，而于诗词，则仅以余力偶一为之；其诗作时或见于报刊，亦未多加关注。今读其《云水悠长》，方知其于剧本创作之余，亦吟咏不辍，日积月累，不经意间，诗稿盈箧矣！夫诗词之道，体制多方，虽称格称律，有规有矩，然才具各殊，风格多变，李、杜、苏、黄，各具面目，终非千篇一律，故能流传千古。良振之诗，可贵者在求真求实，寸管之下凡摄入其诗作者，俱系其目之所见，足之所履，身之所历，心之所悟，故其情性真、纪事真、面目真。有此三者，自能感动人心。试读其"功名总是迂回路，事业无非上下坡"（《岁末遣怀》）之句，多含人生哲理；而"曲巷横衢夕照红，沈园故址觅遗踪。池阁依稀闻画角，亭台不复见惊鸿"（《访沈园旧址》）之句，则一唱三叹，深得怀古访旧之风韵。至若"一别漠阳五十年，归来老眼看春山。无端走入乌蒙道，欲见慈亲已杳然"（《祭亲诗》）等诗句，俱饱含思亲祭祖之深情，感人至深。此等诗句，乃作者之心声，了无雕琢痕迹，清新可诵。

纵观良振之诗，言志抒情中多含哲理，音韵和谐流畅，情真意切，富有韵味。其间多有回旋往复之句式，诸如"客迷芳径芳迷客，心醉花丛花醉心"之类，偶一为之则也清新有趣，然亦无须刻意追求；过多使用，则易使读者有文字游戏之感，不知良振以为然否？言不尽意，聊附俚语四句，以供一粲。

抒情言志两相成，妙语神思本性灵。
志满云天情似海，纯真绝假自传神。

张文勋
2018年5月21日于云南大学龙泉苑

张文勋，云南大学教授，原云南大学中文系主任。国内学术界享有盛誉的著名学者、云南省文史研究馆名誉馆长、中华诗词学会常务理事、云南诗词学会终身名誉会长。

序 二

我和成志自1959年云南大学毕业以后，联手创作剧本、小说、散文，笔耕六十年，访遍彩云之南的山山水水，云南成了我们倾情钟爱的第二故乡。我自幼受家庭影响，喜爱古典诗词，创作之余，随性吟咏，内容大多与这片瑰丽的土地息息相关，久而久之，就汇集成这部《云水悠长》。

古典诗词是我的业余之作，却与我的专业有密不可分的联系。写剧本离不开歌词唱段，虽然是面对现代观众，但每当落笔之时，就会从心底带出古典诗词的意境、音韵、节奏之美；而在云南这方多彩多姿的热土之上，我和各族兄弟姐妹一起经历了六十多年历史性的变迁，既获得了丰富的创作题材，也触发了吟咏诗赋的灵感。正如著名戏剧评论家曲六乙先生在《中国少数民族戏剧通史》中所说,我们的作品"既浸润着深厚的汉族古典文化传统,又充分吸纳了云南民族民间文化的丰富营养"。数十年的创作,有意无意中也成了我不断学习、继承、运用和研习古典诗词的修炼过程,使我在剧本创作的同时,写下一些受到各方人士喜爱的长短诗篇。

如果说我们的剧本和小说是为了观众的欣赏和社会的需要而写,我的旧体诗词除了个人喜爱,则更多是内心情感的表达和与亲友共勉。我原以为,旧体诗词毕竟是古老文体,当代读者真正喜爱的不会太多,所以很少送去发表。

然而,这两年,我多次参加中国诗歌网的赛事并获奖,当中国诗歌网征集"中国诗人"诗稿时,我惴惴然将《云水悠长》送去应征。没想到今年5月22日,我收到中国诗歌网传来的专家组评审意见,其中有"作者的古典文化修养非常好,有家学传承,合乎格律,气韵轩扬,逸兴遄飞,情深意款,哲思连绵"的评语,使我深受鼓舞。云南大学九十二岁高龄的诗词专家张文勋教授不辞辛苦,逐篇指正,并欣然命笔,为此书撰写了言简意赅、韵味无穷之序言,令我心存感激。

我的诗大多随性而作,久而不知弃留,幸得成志一片苦心，捡拾归卷，编撰整理，以存文字，今又按内容加以分类，增补编排，至此，《云水悠长》得以成集焉。

李良振

2018年8月10日

目 录
CONTENTS

上卷　诗选

云岭行歌

云茶歌	/5
诗酒颂·庆祝中华人民共和国七十华诞	/6
大树赋	/7
江舟吟	/8
泸沽湖水荡清波·赠普米族歌唱家曹新华	/9
赏画歌·赠云南著名画家姚钟华院长	/10
写作楼	/12
二马谣（寓言诗）	/13
甲申七十二生辰赋·并赠吾妻成志	/14
云大毕业五十周年聚会赠诸同学	/15
青春忆（二首）	/16
登山赋·题成志八十寿	/17

目 录
CONTENTS

古诗吟　　　　　　　　　　　　　　/ 19
端午红　　　　　　　　　　　　　　/ 20
抗旱（四首）　　　　　　　　　　　/ 21
题粤菜餐厅"羊城记忆"在昆明开业　　/ 23
戏题五人麻将乐　　　　　　　　　　/ 24
拔牙诗　　　　　　　　　　　　　　/ 25
新春游花街　　　　　　　　　　　　/ 26
耄耋四言诗　　　　　　　　　　　　/ 27
山茶咏　　　　　　　　　　　　　　/ 28

后山杂咏

圆通后山耦耕斋（二首）　　　　　　/ 31
品茶（二首）　　　　　　　　　　　/ 32
观棋　　　　　　　　　　　　　　　/ 33
滇猴　　　　　　　　　　　　　　　/ 33
听乐　　　　　　　　　　　　　　　/ 34

目　录
CONTENTS

琵琶	/ 34
云松	/ 35
收藏	/ 35
编剧	/ 36
学书	/ 36
秋日山居	/ 37
翠湖后山杂咏（四首）	/ 37
戏墨	/ 38
自嘲（三首）	/ 39
秋意	/ 40
杂感（三首）	/ 41
杂咏（四首）	/ 42
读诗	/ 43
人生	/ 44
诗话	/ 44
自娱	/ 44
自题小照	/ 45

目 录
CONTENTS

自乐 /45

感事抒怀

痛感 /49

快感 /49

回羊城（三首） /50

冬日大雪抒怀 /51

赴版纳（三首） /52

绿野感怀 /53

雨夜感怀（六首） /54

上影文学部改稿 /56

上海过中秋节 /56

黄浦江边感怀 /57

上海大雪日 /57

无题（二首） /58

马年岁首题咏 /58

目 录
CONTENTS

岁末遣怀	/ 59
题《藏民飞骑》首播（三首）	/ 59
香港回归	/ 60
大青树下自题小照	/ 61
元日跑步口占四句	/ 61
花木四题	/ 62
吉祥颂	/ 63
绿野抒怀（二首）	/ 64
题长诗《葫芦信》重版	/ 65
题歌剧《葫芦信》开排	/ 65
重忆旧作感怀（二首）	/ 66
玉龙湾笔会记事	/ 67
癸未羊年贺岁	/ 68
古滇国青铜三题	/ 69
六十三岁自题	/ 70
歌剧《青铜魂》获奖	/ 71
病后自慰	/ 71

目 录
CONTENTS

戏题五首 /72

五十二岁自寿 /73

题旧稿 /74

补五十生辰作 /74

论文坛（二首） /75

乙酉鸡年贺岁 /75

乌云 /76

腾冲感怀 /76

圆通山晨跑即景（二首） /77

杂咏（三首） /78

文道 /79

七十述怀·登泰山 /79

赞大医孙思邈 /80

壬午贺年·二〇〇二年新春赠诸亲友 /80

甲申猴年贺岁 /81

丁亥猪年贺岁 /81

题长篇《彼岸》卷首 /82

目 录
CONTENTS

龙年贺岁	/ 82
五十一生辰志	/ 83
乡愁（二首）	/ 84
云南美食二题	/ 85

回文诗

九寨沟观水	/ 89
张家界看山	/ 89
秀山抒怀	/ 90
圆通花潮	/ 90
喜洲神韵	/ 91
大理月夜	/ 91
金殿怀古	/ 92
翠湖拾趣	/ 92
大观楼远望	/ 93
重九登高	/ 93

目　录
CONTENTS

登轿子山	/94
聚盘龙寺	/94
滇池日出	/95
石林传奇	/95
丽江印象	/96
茶马古道之春	/96
初到美国	/97
金殿野游	/97
怀念外孙女果果	/98

游踪留韵

苏杭（二首）	/101
黄山纪游五题	/102
登轿子雪山	/104
会稽四题	/105
桂林抒情（二首）	/107

目　录
CONTENTS

黔州三日游（八题）	/ 108
登山野游即兴	/ 112
大美丽江	/ 112
野游即景（仿苏轼回文诗二首）	/ 113
登泰岳（五首）	/ 114
游昙华寺	/ 115
昙华寺赏花（四首）	/ 116
赏樱	/ 117

寄语亲人

题《诗韵新编》	/ 121
慰老人	/ 121
归思（二首）	/ 122
慰妻	/ 123
为成志题照	/ 123
三棵树·赠成志三姐弟	/ 124

目　录
CONTENTS

戏题	/ 124
送李昂赴京入学	/ 125
贺成志五十寿	/ 126
贺成志六十六寿	/ 126
送李昕母女赴美	/ 127
赠李昕	/ 127
辛卯送别李昕、果果	/ 128
寒夜远怀（四首）	/ 129
怀念爱孙嘉琪	/ 130
赠李昂、卢静	/ 131
赠蔡波	/ 132
再赠蔡波	/ 132
赠亚娟（二首）	/ 133
祭亲诗（三首）	/ 134
赠大漠小酒	/ 135
涪城议蜀史	/ 135
为四弟辞世长悲	/ 136

目 录
CONTENTS

云中鸟	/ 136
赠茂昕	/ 137
晚散步于翠湖闲谈	/ 137
端午节（二首）	/ 138

友情长久

赠老挝马黎伞·盛詹他司令	/ 141
赠巴巴萨技术学院赛康·潘塔翁校长	/ 141
贺中国云南剪纸艺术马来西亚展	/ 142
龙门看日出	/ 142
赠秦桂珍老局长	/ 143
寄桂林丁章林	/ 143
赠佐藤先生	/ 144
赠伍世文先生	/ 144
赠白族著名作家杨苏（二首）	/ 145
赠陈昌明先生	/ 146

目　录
CONTENTS

赠张炳亮先生　　　　　　　　　　　　　　/ 146

赠张淑英　　　　　　　　　　　　　　　　/ 147

赠诗索画　　　　　　　　　　　　　　　　/ 147

赠长影王恺大兄　　　　　　　　　　　　　/ 148

赠贾力先夫妇　　　　　　　　　　　　　　/ 148

赠上影厂陆寿钧　　　　　　　　　　　　　/ 149

赠茂修、健池　　　　　　　　　　　　　　/ 149

往事　　　　　　　　　　　　　　　　　　/ 150

赠蒋印莲　　　　　　　　　　　　　　　　/ 150

赠张福三教授　　　　　　　　　　　　　　/ 151

寄江玉亭（三首）　　　　　　　　　　　　/ 151

答通海中学校长杨千成诗　　　　　　　　　/ 153

赠李希麟女士　　　　　　　　　　　　　　/ 154

赠王克恩　　　　　　　　　　　　　　　　/ 154

赠叶友华　　　　　　　　　　　　　　　　/ 155

题版纳金凤宾馆　　　　　　　　　　　　　/ 155

赠梁兵、吴嘉娴伉俪　　　　　　　　　　　/ 156

目　录
CONTENTS

题张邺侯《合唱艺术与指挥技巧》　　　　　　　/ 156

闻笛·赠陈文涛　　　　　　　/ 156

赠阳亚洛　　　　　　　/ 157

重访糯黑寨　　　　　　　/ 157

题阅卷楼　　　　　　　/ 158

赠唐浩　　　　　　　/ 158

题镌刻师　　　　　　　/ 159

赠裱画师　　　　　　　/ 159

万吉茶坊品茗（二首）　　　　　　　/ 160

下卷　词选

水调歌头·题张承源著《毛泽东诗词探美》　　　　　　　/ 163

水调歌头·红山茶　　　　　　　/ 164

蝶恋花·感怀　　　　　　　/ 165

蝶恋花·赠元华、美莹　　　　　　　/ 166

念奴娇·赠成志　　　　　　　/ 167

目 录
CONTENTS

蝶恋花·送成志赴长春　　　　　　　　　/ 168

水调歌头·赠高鸿鹄、黄昧鲁　　　　　　/ 169

满江红·贺词　　　　　　　　　　　　　/ 170

水调歌头·通海聚会　　　　　　　　　　/ 171

南柯子·赠张福三教授　　　　　　　　　/ 172

水调歌头·五台抒怀　　　　　　　　　　/ 173

浪淘沙·抒怀　　　　　　　　　　　　　/ 174

江城子·北美感怀　　　　　　　　　　　/ 175

跋　　　　　　　　　　　　　　　　　/ 176

上卷　诗选

云岭行歌

云 茶 歌

沐晨风，披晚霞，云峰雾岭采灵芽。
香满箩，歌漫崖，青山绿水背回家。
云岭二月春潮涌，欢声笑语打云茶。
轻柔巧压圆方美，慧眼精心撷英华。
凤饼龙团承古艺，银簪螺髻添新雅。
岩泉汤沸凌波浴，蕙馥兰馨展碧纱。
世俗浮奢宜淡饮，江湖浪急需浓茶。
旧雨重逢趓夜话，陈年普洱沏清佳。
提神消渴三春茗，醒世悟禅一盏茶。
人间不尽崎岖路，为有茶香润岁华。
明日分飞隔山水，神清气静走天涯。
滇人茶马开商道，出生入死舍身家。
结缘一片灵犀叶，九州四海品云茶。

此诗获二〇一六年第二届"中华情"全国诗歌散文联赛诗歌类金奖。

诗酒颂·庆祝中华人民共和国七十华诞

高原美酿葡萄酒，七彩云南天赐红。

酒香千里颂华诞，诗情万丈醉秋空。

君不见，彝家欢饮荞麦酒，石林起舞鼓声隆。

酒酣吟唱阿诗玛[①]，古歌祝国寿，篝火彻夜红。

君不见，纳西汉子唱东巴，放歌纵酒气豪雄。

开天辟地创世纪[②]，猛虎[③]跃金江，雪山飞玉龙。

青稞美酒唱翻身，藏家今日主人翁。

天路修到北京城，哈达献母亲，寿比雪山松！

云酒醉我耄耋翁，身未龙钟心尚童。

酒意鸿蒙诗兴涌，挥毫舞墨豁心胸。

古人消愁浇块垒，我今诗酒唱东风。

东风浩荡春潮涌，神州大地国旗红。

七十春秋创伟业，九州欢腾献奇功。

古老东方睡狮醒，威武江山惊世雄！

诗人岂可忘兴国？笔底腾飞中国龙。

共圆民族复兴梦，邀醉乾坤饮万钟。

---

①阿诗玛：《阿诗玛》是彝族著名长篇史诗。
②创世纪：《创世纪》是纳西族著名长篇史诗。
③猛虎：指虎跳峡。

大 树 赋

参天云岭树，扎根生红土。
一朝做栋梁，凤翥龙飞舞。
剪伐葱茏盖，昂然擎天柱。
雄架庙堂上，英姿醒众目。
遍体髹朱锦，真容难复睹。
尘屑纷依附，硕鼠争为路。
夜夜罡风撼，朝朝热目瞩。
孤高远地气，枯落蛰虫蠹。
何如归云岭，共图万木苏。
春风花满树，夏雨绿垂珠。
秋果盈枝挂，冬条傲雪舒。
百鸟晨昏唱，千峰日夕扶。
归尽终有时，捐躯还故土。
红泥化春苗，大野荡新绿。
厚德荣万物，生命永不枯。
缅怀种树人，云岭常青树。

戊戌开岁，春回大地，重书《大树赋》一篇。

江舟吟

景洪登舟下勐罕，恍若神仙驾飞毯。

两岸青山红点染，一路雨林绿奔眼。

顺水顺风人萧散，欢声笑语过天险。

午后回舟逆江返，诡若骑鱼攀石坎。

恶浪吞天群虎啸，险礁腾水乱刀斩。

舟上旅人瞠愕目，风里游丝悬惊胆。

乍不留神落旋涡，船崩石裂无完板。

世事常如云岭舟，顺逆何其迥相反？

回望舟工闲若定，文身赤膊牵绳缆。

激流放歌声震峡，踏尽狂涛神畅坦。

六十年前为调查傣族民间文学，乘傣家木船沿澜沧江激流往返于景洪勐罕，历尽艰险。二十年前为创作《大地之子》又与成志自勐腊关累渡口再出澜沧江考察热带雨林，中途险遭沉船。云岭之舟山危水险，大难不死，得《江舟吟》一篇以为记。

泸沽湖水荡清波·赠普米族歌唱家曹新华

泸沽湖水荡清波,普米汉子放高歌。
凉山铸就好歌喉,一山唱起万山和。
唱出一轮红太阳,太阳照亮母亲河。
金涛银浪流不尽,穿山越岭过长江。
唱遍城乡大舞台,千家万户人欢乐。
涌向北京天安门,百花齐放献祖国。
祖国母亲恩情深,幸福歌声唱不落。
普米越唱越开心,日子越过越红火。
各族兄弟一家亲,百年圆梦唱凯歌。

曹新华为云南省普米族著名歌唱家,多次获国家级各类大奖,有音乐专题片《母亲河》和《大山给我好歌喉》出版。

赏画歌·赠云南著名画家姚钟华院长

古有《丹青引》，今作《赏画歌》。

姚君画法称神秀，

骄恣纵逸何坦拓！

方池畜螭蛟，尺素腾虎鹤。

荡胸藏万丘，健笔泻千河。

清奇春风舞，酣畅狂飙落。

漫意马蹄轻，点染花间烁。

雕虫何足论，着意刀斧阔。

倏尔群峰堆白雪，

俄而九海倾天泼。

熠熠醉流霞，渺渺化金波。

冉冉朝阳起，猎猎旗燃火。

歌声千里北京来，

寒冰顿化草原阔。

我亦忘情入画境，欣然同此乐。

细品油茶香，更赏篝火灼。

锅庄长入梦，于今未超脱。

大海纵极目，临风心欲豁。
三下西洋数万里，
宝船列阵碎金波。
岂无儿女沾巾泪，
为有丹心思报国。
千古南涛声未泯，
于今犹唱友谊歌。

金号催神骏，峥嵘关山迫。
转戈向新路，奇峰更嵯峨。
锐意求变法，陈规久欲破。
骄鹰当奋翅，神龙岂可缚。
会当一洗千秋俗，
琳琅画界开新廓。

姚君油画作品《北京的声音》《郑和下西洋》曾展藏于北京人民大会堂云南厅。一九七七年五月，余赴姚君画室观画，有感而作。

写作楼

写作楼，楼上楼，

十人登上九人愁。

君不见高楼夜夜灯如昼，

更阑犹见野魂游。

君不见长城大雪连霄吼，

万丈愁思盖白头。

莫惜珠玑投废篓，重关如铁强军守。

旗幡一夕因风变，百尺丹泉空自流。

几人漫卷残篇走，掩面仓皇急下楼。

王粲昔作《登楼赋》，云南游子又逢秋。

古人行迹何须步，癫狂欲试攀云手。

毫端借得高原风，一扫胸间万壑愁。

上海电影制片厂有写作楼，长春电影制片厂有小白楼。

余与成志曾多次登楼打磨剧本，个中甘苦，不一而足。

赋诗以记。

二 马 谣（寓言诗）

山翁有二马，牧放云岭中。
白马灵而巧，温驯任驱纵。
雪蹄镶白玉，秀颈覆银鬃。
春日驰原野，如云拂清风。
黑马刚而瘦，蛮如黑石头。
日食三升粟，夜半犹饥吼。
驽顽不受羁，驭之即咬手。
适有邻山叟，买马进山坳。
牵得黑马归，欣然获至宝。
昼饲黄金谷，夜餐青丝草。
一日沐其身，三日篦其毛。
险境驯其步，转岁如神蛟。
山翁出远行，路遇邻山叟。
各骑黑白马，并辔两逍遥。
向晚浓云集，俄而暴雪飘。
白骏惊不前，乌驹昂首啸。
奔若穿云电，飞纵越凌霄。
世人喜相马，卓论纷如潮。
山翁寻常见，山叟稀凤毛。

甲申七十二生辰赋·并赠吾妻成志

十七磨长剑,七十难休罢。

走遍乌山黑水,尝过人间苦辣。

抛却锦绣韶光,误了秋月春花。

几番撞破南墙,几多霜摧雪打。

大人封压,小儿诛伐。

心存千古一笑,何须黑白争哗。

磨七尺龙剑,饱三餐淡饭。

品一盏清茶,诗剧度生涯。

平生携手,两情牵挂,艺海共浮槎。

天地莽莽,神游今古。

野漠沉沉,静听雷炸。

觅真金,长河万里浪淘沙。

亦有春风得意,岂无萧散清佳?

相举酒,邀醉漫天晚霞。

往事不须夸,天阔地大艺无涯!

人生七十当雄发,百年老树着新花。

云大毕业五十周年聚会赠诸同学

五十年前共一窗,至今犹记少年狂。
东陆堂深穷故典,三迤地阔著华章。
春风得意欢生面,壮志蒙殇泪点肠。
兰台有路乌蒙远,学海无涯云水长。
世道浮沉舟逆水,人生颠倒浪翻江。
独有天真终不改,从无世故戏逢场。
百年水滴堪穿石,千转山溪可到洋。
喜见今朝成大业,却顾平生一路狂。
放步从容从步放,张怀任性任怀张。
老来何虑何来老?康自心宁心自康。

今年,我们云南大学中文系一九五九届毕业整整五十周年了。回首往事,感慨良多。赋诗相赠。
二〇〇九年八月十四日于昆明。

青 春 忆（二首）

一

水漾琉璃山漫翠，苍林漠漠流霞醉。
叠浪游鱼追日落，牵情帆影惊波碎。
水上柔风碧鸟翔，云中散发美人睡。
此情只可同君语，如火年华不复回。

二

二十年过旧景非，犹见苍茫笼翠微。
华亭月下同歌舞，古寺墙边竞野炊。
朝上龙门呼日出，夜攀老树扑鸦飞。
无忧无虑神仙妒，天车为我散金辉。

一九七八年与成志登西山龙门，追忆当年与云大同学在山野中露宿三昼夜，其乐融融。

登山赋·题成志八十寿

百无禁忌日，从心所欲年。

双举耄耋酒，一笑两欢颜。

回眸六十载，携手共登山。

风雨品世味，坎坷望云端。

我赴象山寨，君上玉龙山。

民间探瑰宝，风华弱冠年。

而立走乌蒙，荒野路盘旋。

乌头戴铁帽，白手创开篇。

白芒六月雪，海拔五千三。

热血盈胸胆，何畏百尺寒。

五十登黄山，雨中翻险岩。

北海呼日出，暮上九华巅。

六十上五台，青铜①摘金冠。

相扶大智路，豪情溢两间。

七十凌泰岳，天街雪飞旋。

放眼天门外，抒怀览众山。

两登轿子山，花海赋新篇。

---

①青铜：指歌剧《青铜魂》。

谁云吾辈老，丽日尚中天。

峨眉秀，青城幽，

巴山淑女偕我共白头。

稽山灵，鉴湖清，

一樽老酒，两树金桂，

半池锦鲤，新作喜成百草园。

飞骑踏碎金沙雪，

松山古道乡关恋。

雨林峡谷寻野象，

高黎贡山赏杜鹃。

葫芦岛，访先贤，

澜沧江里险沉船。

往事岂如烟？此心梦未圆。

六十年耦耕同冷暖，

诗剧相伴越雄关。

头顶一片天，脚踩万重山，

少年相恋老相怜。

踏遍青山人未倦，

昂首云天山外山。

古 诗 吟

平生爱诵古人诗,慷慨悲歌堪叹绝。
天马行空思渺邈,骇浪惊天震山岳。
《霓裳》一曲圣主欢,斗酒千篇空对月。
心怀广宇怜天下,壮志岱宗凌顶绝。
奈何老病一沙鸥,江头哀国吞声泣。
浔阳月夜泪沾衣,马嵬坡前魂喋血。
官高老淡凌云志,暮年谨慎语干瘪。
楼头落日愁黄鹤,塞外天寒歌白雪。
狱里哀思悲蝉鬓,林中索漠啸孤月。
故垒临风吊赤壁,临江酹酒浇华发。
三十功名耻未消,怒发冲冠肝胆裂。
呜呼尔等生逢世道乖,民穷国破山河劫。
敢对天地哀,敢教鬼神泣。
血战沙场殉壮烈,危城孤岛守贞节。
辜负才华如锦绣,徒以文章为豪杰。
白发三千诗满腹,宏碑一座愁百结。
浩浩古人吟,多悲切!

一九六二年,赴西双版纳写傣剧《凤尾竹下》,闲来读诗,有感而作。此乃我最早所作古体诗。

端 午 红

有树立庭中，人称九月红。
春来花似雪，入夏叶葱茏。
秋深果累累，丹辉映碧空。
芬芳四邻溢，甘甜赛蜜浓。
早享世人赞，久得美言颂。
何如今小满，有果脱青葱。
五日转鹅黄，十日泛微红。
甫至端阳节，艳红已殊众。
悦目堪观赏，玲珑入画中。
爱惜盈手摘，惊渠若絮轻。
初尝如舐蜡，细品舌如烘。
咀嚼锁喉腭，强咽闷心胸。
急做金刀剖，其中四内空。
不见藏籽实，独有蛀心虫。
硕果本秋熟，何宜端午红。
君如解此意，翱翔天海中。

一九七八年，上海友人黄亦波送橘，味甜汁美。今尝五月红橘，苦涩难咽。盖时令未至，非真熟也。橘有橘品，为人处世，不亦然乎？

抗　旱（四首）

一

巍山拔地起，冒雨上能地①。
山危识马骏，雨暴知松直。
树大花果盛，根深枝叶密。
能地有能人，抗旱擎赤帜。

二

战友喜相逢，畅叙从农乐。
汗浇千顷绿，足印百重坡。
众手刹妖风，齐心斗旱魔。
风雨二十日，胜上百堂课。

---

①能地：指云南省文山州的一个干旱地区。

三

多贡①石峥嵘，战友意志坚。
访尽千家苦，走遍万重山。
心燃六束火②，头顶一片天。
为国求大治，立誓夺丰年。

四

孙老近花甲，体健雄心劲。
十日脚生风，百里身飞影。
信步论浮沉，刚言伐鬼佞。
孰谓廉公老，犹期万里征。

---

①多贡：指云南省文山州的一个干旱地区。
②六束火：指抗旱中的六位战友。

题粤菜餐厅"羊城记忆"在昆明开业

羊城翠拥白云山,白云飞落彩云南。
万里珠江奔大海,江源千里云之南。
羊城记忆春城现,多情越秀梦魂牵。
南风红染荔枝湾,东坡名句古今传。
日啖荔枝三百颗,此生愿做岭南仙。
端阳五月赛龙船,亲娘裹粽儿郎欢。
奋起神龙齐夺锦,珠江锣鼓震云天。
七夕天河架鹊桥,双双情侣系良缘。
中秋赏月共婵娟,莲香月饼透心甜。
年三十晚行花街,花涌花城花似海。
万户花香辞旧岁,满城狮舞大年开。
送福迎祥行好运,日子越过越精彩。
品点心,上茶楼,新朋老友话春秋。
虾饺烧卖沙河粉,羊城美食第一流。
风味十足自然鲜,粤菜名扬五大洲。
观粤剧,听南音,乡情乡韵醉乡心。
春城同奏羊城曲,步步高升日日新。

戏题五人麻将乐

五人围一桌,七老八十狂。
来自三省地,往岁旧同窗。
相邀十一载,摩挲十三张。
四坐一休闲,七日一轮庄。
得意就碰牌,走神忘开杠。
心悬单吊将,杠上开花爽!
手烂赔通家,气顺扫三方。
糊涂当相公,开心龙七双。
胜负不算账,得乐寿而康。
战罢共进餐,四菜兼一汤。
笑论时新事,欢言旧课堂。
富贵非所愿,共祈岁月长。

二〇一六年于翠湖瑜伽馆赠云大老同学成志、福三、丛中、仲禄。

拔牙诗

后牙龋病已多年，忍痛姑息久拖延。
美食佳肴难咀嚼，囫囵无味强吞咽。
好人岂堪容腐烂？盘踞牙床生祸患。
定与医师签协议，生死安危十五端①。
临床如上奈何桥，两目苍茫心惊怵。
医师杨蓉好医道，眼明手疾病根除。
无险无灾无痛苦，医生患者两心舒。
拔牙祛病如反腐，反腐犹如降恶虎。
烂牙不拔人长痛，腐败不除国难固。
诸公且看杨大夫，猛钳出手拔朽枯！
人无病患一家安，国无贪腐全民福。

二〇一六年前往医院拔除病齿，因年事已高，必须签约，幸得杨医生医术高明，解除口腔祸患。赋诗致谢。

---

①十五端：拔牙过程中遇到一切不可预知的险情由患者承担，共十五条。

新春游花街

滇池美女千秋睡,春潮唤醒喜还家。
相逢热泪飞仙雨,洒落斗南四季花。
花铺云锦千般美,仙舞霓裳七彩霞。
一道花街惊世界,五洲花客醉奇葩。
往昔菜农谋生苦,春风送来幸福花。
四十春秋花世界,亚洲花市首一家。
时逢佳节赏花都,新岁新春新物华。
花海花香花潮涌,花笑人欢人笑花。
人老簪花不自羞,鲜花也爱老人家。
斗南捧出心上花,芳馨美意满天涯。

昆明斗南位于滇池睡美人之侧,而今成为亚洲第一花卉市场,乃改革开放之一大成果也。我与成志为写《花之恋》多次同访花乡,赋诗以记。

耄耋四言诗

年逾八十，生存不易。
树老枝疏，风雨朝夕。
心牵家国，根连大地。
命运所系，自珍自惜。
守静宁神，淡泊明志。
万事万物，皆随天意。
读书修德，挥毫健思。
诗咏今古，文传旧忆。
赏花悦目，听乐养怡。
品茶悟道，放眼观棋。
美服珍馐，温饱最宜。
奢侈是病，劳心伤体。
金钱财物，知足适止。
贪婪是灾，祸国殃己。
飞短流长，不需论理。
患得患失，自伤元气。
不比不攀，善于放弃。
存爱胸怀，尊友重义。
心宽梦甜，情真福至。

百年岁月,转瞬即逝。

天年颐养,寿岁难期。

问心无愧,生死何疑?

圆通后山耦耕斋八十八翁李良振作

山 茶 咏

诗翁郭老留佳句,乐道牡丹不及茶。

凤张绿羽千山翠,龙舞丹珠十里霞。

漫与红梅斗春早,欣邀翠柏笑云崖。

沐雨栉风增国色,凌霜傲雪艳中华。

根连红土成乔木,美在人心膺市花。

何当万树齐吞火,开遍春城百姓家。

后山杂咏

圆通后山耦耕斋（二首）

一

灵山一隅隐红尘，石坡幽径过枫林。
百亩樱花开胜境，千丛绿树拥青云。
楼前皓月添诗意，窗外清风送鸟音。
华堂闹市非吾适，此生宜做后山人。

二

耦耕岁月同甘苦，一往情深年复年。
绿野播春双舞鹤，蓝田种玉两痴仙。
梦笔未圆尘世梦，玄文难尽古今玄。
风雨南畴六十载，青丝白发两相怜。

一九七二年居翠湖后山，自号后山人。十二年后迁圆通后山，居十六年分得北市区豪舍，不忍弃旧，执意未迁，终为后山人也。

品 茶（二首）

一

龙团凤饼云茶美，古树春芽意韵深。
半苦半甘皆世味，不浓不淡得醇珍。
浮俗狂癫宜静品，江湖惊险合提神。
红尘滚滚迂回路，留得余香养素心。

千年古树，三春嫩芽，饼团制作，是为云茶。

二

雨雪风霜年复年，逢春一笑展眉尖。
不与繁花争俗艳，独留翠韵沏秋泉。
清新娇嫩何妨折，搓揉碾压无须怜。
浮世纷纭心自洁，馨香一盏可参禅。

一花一世界，一叶一菩提，品茶亦悟禅，一盏一修持。

观　棋

人间世道如棋局，纵横进退博输赢。
斗智斗勇张胸胆，于成于败铸魂灵。
险着举棋观淡定，危盘夺锦见豪情。
鏖兵百战终非敌，人心至上是和平。

千年争战，百代恩仇，到头来终究是以和为贵。

滇　猴

林海云崖高八重，滇猴身在九连峰。
有水有山无羁束，无忧无虑有清风。
人间易见虚冠帽，世上难逢真悟空。
山野精灵性潇散，天宽地阔乐其中。

甲申猴年咏猴诗一首。

听 乐

孔子闻《韶》忘肉味,滇人为乐通神灵。
百姓欢愉弦上应,苍生苦难管中鸣。
海菜飞腔①山起舞,小河淌水月含情。
军歌一曲国魂壮,长城威武震雷霆。

云南音乐,独具特色。《小河淌水》传遍世界。

琵 琶

白木何曾漆,形平若胆悬。
有丝皆耿直,无格略斜偏。
美人凭遮怯,高士借通言。
万弹声不泯,宁折弦不弯。

一九八二年七月二十九日

---

①海菜飞腔:海菜腔是云南彝族特有的民歌品种,又称"大攀桨""倒扳桨""石屏腔"等,主要流传于云南省红河哈尼族彝族自治州石屏县彝族尼苏人村落。

云　松

刀削斧劈何曾歇，烟熏火燎复摧残。
炉中沥沥松脂泪，树上涔涔血迹斑。
未死当非缘有幸，蒙伤岂可说无端。
为有深根恋故土，凌云挺立笑苍天。

四十年前于鹤庆北衙山松脂采集场得诗。
八十五岁书赠老战友诗人周良沛。

收　藏

中华文物知多少，百代流传似海深。
高山流水连城价，白玉青瓷论斗金。
巧匠奇工新作旧，龙珠鱼目假成真。
三千世界诸天佛，倩君慧眼识真神。

二〇一六年观各家收藏有感。

编 剧

菊园寂寞欲凋零，宜种兰蕙觅馨清。
原知天道常无雨，自信人间会有情。
写剧岂是逢场戏，放鹤需闻九皋鸣。
春蚕虽老犹织丝，会当破茧出愁城。

二〇一八年三月一日，启动电影新作第六次修改。赋诗以励吾志。

学 书

树拥螺峰八十翁，身未龙钟心尚童。
挥毫学书气如虹，纵横乱墨舞长龙。
但求意到不谋工，取长补短各兼容。
古今书法万门宗，我书我法无须同。

七十后始用心学书。诸家法帖、前贤遗墨多有研习，悟其旨趣，却未能苦临，自赏自乐耳。

秋日山居

山酒一坛林下醉,山茶一罐洗烦忧。
山风吹走乌纱帽,山叶飞红落满头。

翠湖后山杂咏（四首）

一

数日连阴雨,平明喜放晴。
新条争吐绿,嫩荠竞催春。
喧噪花间雀,浮沉水上萍。
孰云未解意,心中若有声。

二

小庭花欲醉,蛱蝶舞联翩。
争道海棠美,谁称稻麦妍。
巧鸟多邀宠,愚牛累获鞭。
偏有愚牛志,甘为孺子牵。

三

地僻日照晚，春花夏始芬。
隔墙如隔壑，敬邻若敬神。
闭门看电视，熬夜写长文。
对饮夫妻俩，欢愁四口人。

四

我欲滇南走，待翼未移身。
苦暑偏趋暑，尝辛未厌辛。
有志航高路，寻源入老林。
不做无根木，岁岁别亲人。

一九七八年五月二十九日

戏　墨

蓦然纸上栖归鸟，迂回笔底落闲云。
无意黑白来天地，多情浓淡出乾坤。

自　嘲（三首）

一

秀笔几番成秃帚，如山废纸压书房。
数起数眠愁夜短，欲癫欲醉任文长。
半生惯睹眸翻白，百事难成催鬓霜。
耘田自是农家本，由它柳绿共花黄。

二

遍街潇洒入时装，我着平鞋阔裤裆。
犟牛死啃兜弯草，笨鸟偏鸣幼稚腔。
转舵随风当快顺，捶肩拊股岂无方。
每见信鸡[①]竿顶立，旋圈扭态亦繁忙。

[①]信鸡：信鸡是南方居民房顶上的风向标，以鸡头指向做识别。

三

笼鸡勿笑井中蛙，逗鸟雕虫岂足夸。
半瓶酸醋吟新曲，满口烂牙唱落花。
佳句多从书里摘，妙词常自纸中扒。
一从四十行年过，每将青眼看青芽。

一九七八年五月八日

秋 意

老木经霜败，秋风彻夜鸣。
孤枝怜落叶，忍痛任飘零。
英雄天下志，游子恋乡情。
万里霜天外，不堪落雁声。

一九八〇年十一月三日

杂 感（三首）

一

牛伯老来狂，耕田不受缰。
肆意泥中踏，塄坎自成行。

二

风动千山木，春催百卉香。
古有凌云笔，何曾挥庙堂？

三

一月右腕伤，乱写不成章。
奈何心未泯，故而又飞扬。

一九七八年十月

杂 咏（四首）

一

陌路逢知友，相违二十年。
当年诗满腹，今日少欢颜。
爱恨成流水，功名化紫烟。
慎存一星火，未卜可重燃。

二

迢迢夜半起，望月独难眠。
人生多索寞，世态亦凉炎。
四方皆石壁，左右尽刁难。
悔不偷灵药，乘风上九天。

三

天道虚缥缈,世途亦艰玄。
默默求真理,拳拳奉圣贤。
踏遍荒山路,磨平铁砚砖。
人生三万六,难释紧箍圈。

四

独立东坡岸,翘首西海边。
遥遥数万里,匆匆十三年。
凭邮一页纸,带泪几番看。
相见难成梦,唯有祝加餐。

一九八〇年十月十七日

读 诗

人间正气薄云霄,生死泰山亦鸿毛。
金钱能买天下福,灵均何用赋《离骚》。

人　生

万壑千山皆坎坷，清江碧水尽波澜。
人生若不平庸过，笑对曲折与危艰。

一九八二年

诗　话

惬意联语通佳境，深言浅出合时宜。
世事铭心方悟道，真情刻骨漫成诗。

自　娱

老爱诗书兴渐耽，蔓草低吟夜不眠。
笔端淡墨挥新雨，心底春波涌旧澜。
打油不必惊人语，自乐何须警世言？
吾妻为我清书案，收拾残篇兑饼钱。

自题小照

庭前一柏树，苍虬倔且孤。
叶败缘霜压，枝垂失雨敷。
盖破春犹发，干残心不枯。
何如一身骨，多由读死书。

自　乐

桃李春风艳，芙蕖夏雨开。
霜下重阳菊，雪中看红梅。
昙花一夜娇，蟠桃三千载。
万花皆有序，何用急相催。

写作不易，问世更难，以此自励耳。
一九七七年一月四日

感事抒怀

痛　感

沉沉烟雨锁神州，笔底翻来万种愁。
太岳横倾天剑折，长河低咽朔风飕。
枯肠无绪常兴恨，铁帽多情总恋头。
安得九天轰霹雳，扫尽阴霾解困忧。

一九七六年九月八日

快　感

初闻大地虎狼收，霹雳横摧万古愁。
四海欢腾旗猎猎，山河壮丽剑嗖嗖。
九州生气兴伟业，一代英豪运鸿猷。
天若有情应解我，春风送暖荡民忧。

一九七七年一月四日

回羊城（三首）

流花宾馆顶楼四望

二十四年居异土，而今又见海明珠。
轻舟逐浪江天阔，登楼极目世界殊。
文采缤纷应尽有，污泥浊水已全无。
少年流浪成追忆，感慨而今奋笔书。

海珠桥畔

千里风尘万丈波，无情岁月忽蹉跎。
鹰翔水底言如实，鱼游云海岂无讹。
糊涂一念寻常有，文章千古是非多。
白浪轻鸥天海阔，愿将涓滴汇珠河。

听红线女唱《沙家浜》

一曲风声珠海狂,乡音三日绕心房。
青丝还我三千丈,重上云霄赋《九章》。
浅唱低吟尽抑扬,急水轻流汇大江。
穿绕云峰三百叠,声声荡入九回肠。

一九七三年重返故里,感慨良多。诗以记。

冬日大雪抒怀

笑问青天几许变,穹庐无语任风寒。
五载耕石谋粮苦,八年掘宝得篇难。
岂甘皓首穷而俯,欲济濠川水渐干。
且将秀笔存忠厚,付与苍生共志艰。

一九九六年冬,昆明大雪。《青铜魂》《走向绿野——蔡希陶传》两稿付梓。

赴 版 纳（三首）

一

仲夏如驹逝，伏案度晨昏。
六万鸡毛稿，一篇拉杂文。
有眼观当世，无言说自身。
阴晴未分晓，明日又趋奔。

二

夙夜如缠疾，为文亦苦辛。
急章初草竣，糠米未筛分。
哀牢尚匿顶，怒水正深沉。
借翮飞南隅，缘源看伪真。

三

原上生青草，几番烈火焚。
炽焰烧绿叶，冷灰沃长根。
今年终漠漠，明岁又森森。
万物有野性，凭借悟其神。

一九七八年四月草拟《大地在召唤》剧本提纲，于六月完成初稿。明朝又将赴版纳补充材料。

绿野感怀

莽莽云山道未穷，由缰信马尚从容。
心存一杆纵横笔，饱蘸热血写英雄。

电视连续剧《大地之子——蔡希陶的故事》几经折腾，前景难卜，改写成长篇小说《走向绿野——蔡希陶传》。诗以记。
一九九六年十月二十五日

雨夜感怀（六首）

一

满城风雨伐新芽，青红皂白属谁家？
忍看稚子沉污井，尚有高人落石沙。

二

乾坤莽莽千山黯，风雨潇潇万木喧。
浊水横流香草败，青蝇一点璧成冤。

三

明月岂曾逐黑云，卞和抱玉徒伤身。
费人三告曾参母，投杼逾墙也当真。

四

纵胆舒心迎白眼,撩襟充耳听流言。
为文不必惊世俗,苦读何须计暮年。

五

残枝满目喜功成,雷车虐吼未休停。
焉知明旦新花发,徒作虚狂一夜声。

六

闻鸡起舞忆当年,深锁横眉忧普天。
何如觅得忘忧枕,宰杀雄鸡为好眠。

上影文学部改稿

癸亥猪年居上海，孤楼相守共倾怀。
感慨论时增胆识，潜心编剧避文灾。
德重原非无世谤，名高未必是真才。
无意闲观窝里斗，何如入静守灵台。

一九八三年秋，吾与成志赴上影文学部修改剧本，时昆明有人以莫须有的罪名强加于我，讨伐文章连篇寄至上海。上海文友阅后，视为笑谈。

上海过中秋节

今夜中秋节，遥思洱海月。
金风吹万里，愿同此光洁。

一九八三年中秋写完《洱海月》。此剧在上影、长影、西影、峨影均受青睐，余与成志得以赴长春、西安、成都一游。剧本终为云南民族电影制片厂所得，更名为《洱海情波》。

黄浦江边感怀

孤鸿何事独忧悲,愁困海隅待南飞。
大野来风吹叶落,长江拍岸促舟归。
看尽游人皆异客,频翻小历卜佳期。
何时共举双杯庆,却话离愁笑展眉。

成志因事返昆,余留沪继续改稿,一人至黄浦江边,倚栏独望,归思切切。诗以志。
一九八三年十一月二十二日

上海大雪日

霜风摧旧叶,老树何堪劫。
夜听残枝号,游子归心切。

《神奇的剑塔》通过审查后又三易其稿,个中甘苦,一言难尽。大雪飘飘,归期难卜,诗以志。
一九八三年深冬

无 题（二首）

一

月暗风平霜戟巡，高门深宅铁将军。
掩烛盗书非贼胆，只缘一字不传神。

二

岁月风霜三十巡，血战苍茫共一军。
冰圭莫许青蝇点，人间无字最传神。

一九八七年六月二十七日于上影文学部

马年岁首题咏

九海喧腾浪未平，欲展金帆赴远征。
春水涌江波澜阔，老树经风叶更青。

岁末遣怀

纵横岁满亦嵯峨,洱海苍山笔底磨。
辛苦一春愁夜促,玲珑百页慰新多。
功名总是迂回路,事业无非上下坡。
春花娇目随流水,老骥何曾不厉呵。

一九八三年十二月十五日,即将离沪归家也。

题《藏民飞骑》首播(三首)

一

桂冠且做化缘帽,乞讨豪门对冷嘲。
铁骑翅重飞难进,敢有痴情怒不消。

二

步出茅庐上险桥,而今文道更迢遥。
千古长城连壮志,漫走崎岖也自豪。

三

铁骑一跃出云霄,迎来众目看天骄。
农奴翻身四十载,欢腾雪域涌春潮。

一九九一年国庆前夕,为庆祝西藏和平解放四十周年,该剧在中央台黄金强档首播,全国各大报刊发文予以好评。题诗三首,与成志共志其艰。

香港回归

道光无道屈强寇,偷安卖国碎金瓯。
百年割肉亲娘痛,五代蒙尘赤子忧。
一国两制英明策,备武弘文大义谋。
从此九龙归故土,香江水暖汇神州。

一九九七年七月一日

大青树下自题小照

屹屹南边矗，风雨不知年。
葱茏百丈翠，纵横半壁天。
盘根砥柱立，巨干蛟龙旋。
倦鸟依归宿，闲云夜泊眠。
世人憎鸟矢，焉知育伟橼。
何妨留小照，得志未忘先。

《阿星阿新》将拍为立体片。余陪上影导演于杰赴瑞丽看外景，留诗以励志。
一九八七年七月

元日跑步口占四句

一岁又新启，鸡鸣人已稠。
环湖一圈跑，明月尚当头。

一九八三年元旦

花木四题

春　花

如荼似火醉春风,歌堂舞榭斗娇容。
一年几度争繁艳,秋后方知实与空。

夏　叶

扑地铺天涌碧波,人间无处不婀娜。
谁关一念千重下,百万虬龙尽屈磨。

秋　枝

何须彻夜怒呻呼,昨日繁华今已枯。
熬过三九冰霜后,又是葱茏绿满株。

冬 树

千红万紫一时收,独有山翁舞白头。
龙钟老迈腰难折,唯将琼玉泄荒沟。

自一九九二年写电视剧《走向绿野——蔡希陶传》,历经几载寒暑。花如世事,盛衰有时;木若人性,生息有序,赋诗以明志耳。
一九九六年春

吉 祥 颂

携手挥橡击大荒,欣迎白象颂吉祥。
从今但得长相守,人生何事不风光。

一九九四年春与成志在勐捧农场闻营救小象一事,创作电影剧本《白象勐勐》,完稿适逢成志生日。一九九五年一月十一日,外孙女果果降生,得知上影厂已通过剧本,后改名为《小象西娜》,此乃吉祥之兆也。赋诗以志。

绿野抒怀（二首）

一

无边艺海泛孤舟，与君同负几番忧。
美酒未逢豪饮客，飞骑翅重累淹留。
崎岖古道遗鸿爪，绿岛荒洲牵旧愁。
安得惊涛风雨尽，归来小舍叙温柔。

二

锦绣韶光似水流，少年豪愿未言休。
老马轻蹄敲故道，金风走笔赋清秋。
漫山大木经千劫，一片丹心注九州。
绿海苍茫寻旧迹，不见当年孺子牛。

电视剧《大地之子——蔡希陶的故事》，几起几落，文道官道，皆难预测。今又遵嘱改本上马。美酒指《美酒神的叛变》，飞骑乃《藏民飞骑》，古道为《古道之恋》也。一九九六年春末于西双版纳勐仑植物园。

题长诗《葫芦信》重版

往岁茫茫颠倒中,霜摧雪压夹雷轰。
国粹民风皆一扫,英华文采几全空。
戏痞文氓争粉墨,人妖鬼魅竞朱红。
且喜今朝春复暖,冰泉初化又淙淙。

一九七九年十二月九日

题歌剧《葫芦信》开排

滇池不雨锁金莲,美人欲醒怯春寒。
浮云千里邀黄鹤,苦酒一杯破铁关。
驽马空逢秦伯乐,俚辞难入越姑弦。
此上高台三百坎,焉知苦辣与酸甜。

歌剧《葫芦信》由云南省歌舞团排演。作诗以志。
一九八二年三月二日

重忆旧作感怀（二首）

一

紫霞初涌天方晓，百尺竿头烈焰烧。
童歌琅琅惊幽谷，军号声声震九霄。
金沙大渡飙风寂，宦海商潮激浪嚣。
松山血肉长城骨，共筑华堂储众娇。

二

年来世味淡如霏，久无豪兴论安危。
深锁重门听夜雨，偶观旧史悟箴规。
且将汉魏存高阁，共赋杨枝买口碑。
侠肝义胆成熊市，老凤新雏各所归。

一九九七年十二月十五日，重忆旧作，以志日寇侵华史实。二〇〇一年创作《阿昌刀》，播出后荣获骏马奖，亦昂扬国人之斗志也。

玉龙湾笔会记事

听传道有感（二首）

一

险峰本无径，何来大路平？
古今凌绝顶，由来苦攀登。

二

太白神来笔，东坡仙道风。
后人相仿袭，徒有皮外功。

苏园赠苏叔阳

玉龙相聚届隆冬，苏园品茗见苏公。
聆君嗤点流传赋，笑语清谈也振聋。

赠龙泰岭

北国春城,南国春城,十年一别又重逢。
云岭玉龙,泰岭大龙,明日腾飞趁东风。

一九九七年十二月二十日,中国电影家协会在昆明玉龙湾举办电影剧本创作笔会。高鸿鹄、苏叔阳、胡炳榴、龙泰岭等到会,老友重逢,有感而赋。

癸未羊年贺岁

三阳开泰日,百卉颂春时。
遥寄香一瓣,携手创新奇。

二〇〇三年春节以明信片书赠诸亲友同贺。

古滇国青铜三题

题青铜器博物馆

金屋藏宝当衢秀,绿拥琉璃眺星云。
千年芳草埋王冢,百代青铜铸滇魂。
几多巧匠遗空梦,无尽英才殁战尘。
南来北去仓皇客,何妨驻跸一深沉。

一九九五年十月三十一日,与成志赴江川,参观云南李家山青铜器博物馆及李家山古墓群遗址。

题战争贮贝器

将军纵马腾云降,挥刀呼喝断尘埃。
三军杀戮长天黑,万众悲号石寨开。
青铜巧铸千秋史,海贝痕留百世哀。
滔滔烈士英雄血,不尽豪门滚滚财。

该器乃古人藏纳贝币之圆形铜器铜鼟,盖上雕铸战争场景,构思奇特,人物动态栩栩如生,令人惊心动魄。

题吊人铜矛

缘何不上断头台，苦吊铜矛几千载。
冤沉滇海千寻恨，望断云崖两目哀。
陈年悲剧轮回演，绝代奇葩谢又开。
人间屠戮何时了，唤汝双双走下来。

此为晋宁及江川出土文物。铜矛两侧悬吊两个挣扎的奴隶，状态悲苦，令人深思。一九九五年吾与成志创作民族歌剧《青铜魂》，即缘于此。

六十三岁自题

艰难风险惯经磨，得失是非岂奈何。
博得今生潇洒过，漫做文章当浩歌。

一九九五年元月二十日

歌剧《青铜魂》获奖

青铜巧作艰深铸，国艺臻于面壁功。
舍身饲虎应无悔，为听荒原啸大风。
大雨连宵窗泼绿，山轩对论语生风。
磋磨砥砺成新器，飞书走笔更从容。

《青铜魂》创作历时十年，九易其稿，获中国戏剧文学奖金奖、云南省新剧目调演一等奖、中国歌剧调演优秀剧目奖。曲六乙在《中国少数民族戏剧通史》一书中也对其予以充分肯定，亦足自慰耳。

病后自慰

莫愁地老与天荒，人生老病本寻常。
心闲自有千秋乐，养怡得福寿而康。

甲申仲秋于后山耦耕斋。

戏题五首

一

夜阑独伫望天穹,河汉群星耀眼荣。
人间常见虚冠帽,世上何曾有悟空。

二

千秋华夏古文风,当今谁可独为雄?
春花斗艳秋山碧,山头白雪傲寒冬。

三

万古江河皆活水,前波后浪共推移。
细吟汉魏唐宋句,今人不作复古诗。

四

伯乐①而今自驾车,驰骋国道任豪奢。
纵有乌骓师子花②,奈何慧眼顾无暇。

五

宝玉堪悲和氏献,天驹不为老孙夸。
穿云破雾越时空,神物由来不炫华。

五十二岁自寿

岁月风尘过与功,此身独善固非穷。
艺海求真崇善美,江湖冷眼看雌雄。
闲改陈篇翻古意,夜磨老笔见新锋。
今日老夫何用醉,霜钟晓月逐长龙。

一九八四年元月二十日,闻钟晨起跑步,明月当空,情兴盎然。时正写《大黑天神》《姑娘寨》。

---

①伯乐善相马,本名孙阳。
②师子花,乃唐代名将郭子仪之马。

题 旧 稿

一瞬煌煌十七年，功夫未必得从前。
感慨青春容易老，深知文道属危艰。
当时下笔心无虑，此日重弹顾复瞻。
登山犹恐风吹帽，唯依花鸟共相欢。

一九八一年九月，翻阅一九六四年旧作有感。

补五十生辰作

有诗无酒亦堪悲，白发无端两鬓衰。
醉心杂耍雕虫技，埋首浮辞百炼锤。
清寒家道书糊壁，落拓文章纸乱堆。
无才无术痴顽拙，今知四十九年非。

一九八二年，余年五十，当日无诗，后补以志。

论 文 坛（二首）

一

从来文采重时新，争奇斗异竞缤纷。
每思惊绝神来笔，不是今人即古人。

二

莫道凌云健笔奇，艳说浮谈未必宜。
最是难能疏荡浅，清平容易发深思。

一九八二年七月三十日

乙酉鸡年贺岁

闻鸡起舞忆当年，忧国忧民忧普天。
而今觅得忘忧枕，悠游自在过酉年。

二〇〇五年春节以明信片书赠诸亲友相贺。

乌 云

又是半年酸与辛,无休无止草长文。
旧帽多情常恋我,忠魂何恨总揪心。
几番驻笔悲人世,无限愁思入梦魂。
夕阳落尽西山后,金霞满目化乌云。

一九八二年八月六日

腾冲感怀

悠悠龙江水,回绕碧云峰①。
飞瀑呼来凤,烽烟忆子龙②。
他乡游子路,故国梦魂中。
为有腾飞志,未辞尽鞠躬。

一九九二年夏,拍电视剧《古道之恋》,多得腾冲地方各界人士的热情帮助。赠诗以谢。

---

①碧云峰:指云南省腾冲的碧云峰。
②子龙:指马子龙,回族,祖籍云南腾冲。1962年参加中国人民解放军,后任第14集团军政治部主任等职,去世后葬于腾冲来凤山。

圆通山晨跑即景（二首）

一

信是当年潇洒人，也曾狂傲笑清贫。
金童玉女今何在，寒山冷落病双亲。

二

相携相推乱石坡，无牙白发两蹉跎。
霜风摇落萧疏竹，苦辣酸甜也是歌。

一九九七年冬晨练，见老翁推病妻上坡，其状艰难，且送一程。

杂　咏（三首）

一

暇日恋儿戏，岁晚淡功名。
信笔游诗海，胜似筑方城。

二

懒卧贪书趣，闲思得野情。
笑看惶惶客，尘心始觉清。

三

早步惊花醒，晨操唤鸟鸣。
走马看花后，挥戈又出征。

一九九八年四月二十九日

文　道

一年文道尽聱牙，人情冷暖几争哗。
阴晴收放六月雨，浮沉涨落一杯茶。
巧言听腻盲翁耳，玉爪搔麻旧痛疤。
老蹄老马茫茫路，重上云山拾落花。

一九九九年元月，上海电影制片厂责任编辑陆寿钧来电言及电影之艰难，令人感慨。

七十述怀·登泰山

野马奔腾七十春，烽烟过尽入嚣尘。
铁骨凌风攀绝顶，铜蹄踏雪觅精魂。
诗剧长存孺子爱，文章未泯古人心。
无勒无缰天地阔，同耕白发是仙神。

二〇〇一年立冬，与成志踏雪登泰山，归赋。

赞大医孙思邈

身命何曾避吉凶,扶危救苦大医行。

志定神安祛恶疾,无求无欲见精诚。

胸有良方堪济世,心怀恻隐护含灵。

九十三部金经典,为民百代佑康宁。

孙思邈大医,广闻博学,精通百家,著医书《千金方》九十三卷传世,年逾百岁而卒,真奇人也。

壬午贺年·二〇〇二年新春赠诸亲友

一自行年七十庚,高低不复苦相争。

有心写剧关门读,无事吹牛闭目听。

官场商海双疏远,厚禄高名两放轻。

乐将美意存忠厚,吟诗作赋寄真情。

甲申猴年贺岁

千树山茶火,万里雪梅香。
普天新岁乐,怀君故谊长。
明智神思远,养怡福泽长。
愿借灵猴手,摘桃祝寿康。

二〇〇四年春节以明信片书赠诸亲友同贺。

丁亥猪年贺岁

岁归丁亥千门福,春满猪年万户祥。
同歌国运呈新象,共赏文坛百卉香。
官事庸贪为蠹毒,民生安乐恃忠良。
年高岂敢忘忧国,笔底长流胆剑光。

二〇〇七年春节以明信片书赠诸亲友相贺。

题长篇《彼岸》卷首

万死投涛搏一生,于今追忆尚魂惊。
三十六载花旗梦,六十三年中国情。
乡关有路身难近,大海无边心未平。
痛惜中西难合璧,长宵睁眼到天明。

丁亥岁夏,吾与成志赴美探亲,采访了不少美籍华人,其曲折坎坷、拼搏奋发的经历,令人感慨深思。拟以此创作一部长篇,暂名为《彼岸》。
二〇〇七年于美国波士顿。时年七十有五。

龙年贺岁

翠堤新柳飞新绿,云岭东风催百花。
一夜春城爆竹响,千门喜宴酒声哗。
十条喜讯登金榜,九州春暖万人家。
神龙飞去看天宇,金蛇飞舞跃中华。

十条喜讯指当年报刊贺词中有十大成就,令人鼓舞。

五十一生辰志

甘居无闻之地,安坐冷硬之凳,
正看白眼,俯听流言,
不骄不躁,忌趋忌慕。
唯三餐一寝,清茶素蔬,
伏四尺平案,握三寸秃笔,
写千古英魂,述一代奇风,
期五年之不殆,偿百万之文债。
得以乎?可也哉?

一九八三年元月二十日

乡 愁（二首）

珠江艇仔粥

夜泛珠江潮欲平，船姑卖粥唤连声。
风送渔歌来有韵，水流往事去无形。
万顷波澜一碗粥，半河灯火满天星。
利禄功名归大海，乡愁不绝五羊城。

顺德双蒸酒

乡情百炼双蒸酒，华堂共饮忆乡愁。
九眼桥头拜秋月，甘竹滩前渡险流。
老去无事频邀友，少年有梦苦追求。
今朝重饮家乡酒，开怀大笑醉忘忧。

二〇一七年，昆明广味餐厅"羊城记忆"开业，作诗二首以补墙面之空白也。

云南美食二题

汽 锅 鸡

建水紫陶存正气,一锅珍味萃醇鲜。
自古人间爱美食,谁堪长夜苦饥寒。
今朝民富衣食足,无忧无虑喜尝鲜。
百年老店献古艺,福照春城养寿年。

汽锅鸡用建水紫陶锅蒸汽烹制,香美醇鲜。百年老店"福照楼"尤为有名。

过桥米线

滇南蒙自钟灵秀,南湖桥上绽奇葩。
秀才苦读寒窗下,贤妻过桥步彩霞。
深情厚谊成佳话,过桥米线享万家。
四海九州多美食,七彩云南独一花。

相传有位妻子每日将生鲜食材送去给寒窗苦读的丈夫,现煮现烫,味极鲜美,秀才大喜,称之为"过桥米线"。

回 文 诗

九寨沟观水

水似情柔情似水，天泼蓝波蓝泼天。
海漂云动云飘海，山舞浪欢浪舞山。
树涌泉啸泉涌树，岩飞雪练雪飞岩。
净洗尘心尘洗净，观奇赏绝赏奇观。

九寨沟观水，赏灵、秀、美三绝。

张家界看山

雨林幽谷幽林雨，烟笼翠野翠笼烟。
树上云崖云上树，天舞石鞭石舞天。
目极苍茫苍极目，山外天门天外山。
险中乐得乐中险，仙游梦境梦游仙。

张家界看山，览惊、奇、险三绝。

秀山抒怀

秀山秋雨秋山秀,楼外天清天外楼。
眼沉绿海绿沉眼,眸醒虹霓虹醒眸。
酒伴诗浓诗伴酒,愁消语快语消愁。
有何愤怨愤何有?由来无事无来由。

一九九六年秋丙子八月,应老同学杨千成隆情之邀,与诸同窗集于通海,登秀山海月楼。岁月如水,各诉衷肠,感慨良多。即席赋回文诗一首以酬同侪。

圆通花潮

细雨晴飞晴雨细,春醒花神花醒春。
鸟啼树绿树啼鸟,林舞霞红霞舞林。
客迷芳径芳迷客,心醉花丛花醉心。
往岁花潮花岁往,人潮新涌新潮人。

昆明圆通山地处吾居所之侧,每到樱花盛开之时,盛况空前。赋回文诗以寄怀。
二〇〇九年春

喜洲神韵

喜洲神韵神州喜,游客仙临仙客游。
古风民俗民风古,幽居雅舍雅居幽。
蝶恋泉飞泉恋蝶,鸥追浪舞浪追鸥。
水依山碧山依水,舟荡云浮云荡舟。

二○○四年春节,应严氏兄弟之邀,重访白族喜洲严家民居。题回文诗一首相赠。

大理月夜

月城满月满城月,苍山雪化雪山苍。
夜静风清风静夜,香飘桂苑桂飘香。
世人熬欲熬人世,忙苦何图何苦忙?
月望人归人望月,长思故地故思长。

大理旧称"月城"。六十年前,我辈戍边长居于此,一九九七年夏夜宿桂苑居。情思纷涌,借风花雪月四景,赋回文诗一首以抒怀。

金殿怀古

殿铸金城金铸殿,寒林老衰老林寒。
霸称西隅西称霸,藩踞南关南踞藩。
恨记莲池莲记恨,翻手黑云黑手翻。
凤鸣山冷山鸣凤,残刀朽败朽刀残。

金殿乃吴三桂所筑,今存大刀一把。陈圆圆当年投莲花池自尽。

翠湖拾趣

湖醉春城春醉湖,波连翠影翠连波。
柳垂绿鬓绿垂柳,荷荡风香风荡荷。
客恋鸥亲鸥恋客,歌随舞放舞随歌。
国安民乐民安国,和祥岁月岁祥和。

冬春约海鸥,夏秋赏荷柳,四时有歌舞,八方迎亲友,昆明翠湖宜诗宜画,宜憩宜游。

大观楼远望

大观楼上楼观大,铺锦云天云锦铺。
远望龙门龙望远,湖卧仙山仙卧湖。
古今雄联雄今古,抒怀壮气壮怀抒。
目纵鸥飞鸥纵目,浮空碧海碧空浮。

登高阁观山水,远尘嚣而近自然,神游物外。诵长联论古今,亲鸥鸟而知天意,自在心中。

重九登高

重九登高登九重,弯路险坡险路弯。
落叶红飘红叶落,寒林霜染霜林寒。
水沉天净天沉水,山看云飞云看山。
有当无时无当有,宽容海大海容宽。

辛卯重阳与成志在水景园观山,赏水,看云,思人生世事,悟得失有无,心境豁然。诗以记。

登轿子山

轿子天高天子轿,山拥云飞云拥山。
瀑吐龙啸龙吐瀑,泉饮花溪花饮泉。
险崖悬道悬崖险,天上人行人上天。
我问峰年峰问我,年七十应十七年。

轿子雪山为滇中第一名山。二〇〇六年秋与成志、福三两度攀登,欣然而归。时年七十有五矣。

聚盘龙寺

盘龙古寺古龙盘,潭映山庄山映潭。
热茶香酒香茶热,鲜菜野味野菜鲜。
乱世人遭人世乱,难见相逢相见难。
往事随缘随事往,宽心祝酒祝心宽。

二〇〇六年,昆明第二十二中学六六·一班同学聚会,感慨往事,题回文诗一首相赠。

滇池日出

梦醒涛声涛醒梦,山含月落月含山。
远灯明灭明灯远,烟水浮城浮水烟。
日涌金波金涌日,仙浴海澜海浴仙。
妹应郎歌郎应妹,船满花香花满船。

夜宿西山水岸,晨观滇池日出,赋回文诗一首,愿睡美人长卧于清波之上,永无掩袖之忧。

石林传奇

眼惊奇象奇惊眼,天舞石林石舞天。
险峰危叠危峰险,悬崖峭立峭崖悬。
剑指云飞云指剑,传奇古诗古奇传。
应声千载千声应,仙化石魂石化仙。

石林乃云南独特之自然景观,其石峰千奇百怪。阿诗玛的歌声在石林中千载回响。

丽江印象

雪龙玉舞玉龙雪,金水丽江丽水金。
古乐元风元乐古,新城旧韵旧城新。
虎跳峡雄峡跳虎,鹰搏风高风搏鹰。
树海云杉云海树,人合天心天合人。

丽江古城又名"大研镇",一九九七年被列入《世界遗产名录》。二〇一〇年秋赋回文诗以记之。

茶马古道之春

岭横天外天横岭,家在云端云在家。
古道茶乡茶道古,花醉春雨春醉花。
马背山青山背马,崖上驮铃驮上崖。
路满茶香茶满路,霞绕歌飞歌绕霞。

甲午岁始,春雨连降,喜望茶乡,千年古茶应是春芽萌发,茶香满路之时。作回文诗一首寄兴。

初到美国

奈何春别春何奈,飞花雪落雪花飞。
美国他乡他国美,归处何从何处归?
大地空茫空地大,微尘世界世尘微。
语无人听人无语,谁是真我真是谁?

二〇〇七年春告别春城昆明,雪中飞抵美国。

金殿野游

九月逢月九,行车并车行。
绿街连街绿,平野望野平。
钟楼撞楼钟,鸣凤听凤鸣。
茶山无山茶,金殿满殿金。
足伤何伤足,名高未高明。
日落观落日,晴空喜空晴。

一九九七年九月九日,成志因去贵阳伤足,今日初愈,骑自行车并肩野游,一试无恙,大乐也。

怀念外孙女果果

雪落天寒天落雪,人堆玉屑玉堆人。
院满欢声欢满院,辰年瑞雪瑞年辰。
吉日生辰生日吉,龙逢世盛世逢龙。
寿比山青山比寿,同愿嘉祥嘉愿同。

二〇〇〇年,昆明大雪盖地盈尺,吾与外孙女果果院内堆雪人,祖孙同乐。后果果随母赴美一年,即能流畅地说英语,绘画也大有长进,吾甚欣慰矣。

游踪留韵

苏 杭（二首）

一

明日赴苏杭，悠然想刘郎。
司空已见惯，小辈上天堂。
少壮未远游，徒作井蛙囚。
今赏鉴湖酒，始觉天地悠。

二

秋深尽日雨微茫，站车撑伞下苏杭。
天脚初晴西子笑，湖边薄暮桂林香。
独着凉鞋游胜景，浑拖泥腿步华堂。
二十五年圆一梦，银婚犹效少年狂。

一九八三年居上海改稿数月，间歇中畅游苏杭，虽遇天气突变，衣着单薄，不合时宜，然与成志恰值银婚，同享美景，悠然自得，亦人生难得之乐事也。十月二十七日返沪记。

黄山纪游五题

一九八五年夏末秋初，与成志赴安徽参加全国戏剧创作会，剧作家同登黄山，历尽艰险，赏尽风光。诗以志。

立 马 峰

百丈危崖耸断坡，鸟惊人立马蹉跎。
滇人走惯云中径，笑上云崖一路歌。

来自平原的诸作家到此即返，吾与成志直攀峰顶，排名第一，令人欣慰。

始 信 峰

携手千峰步紫云，此身若似远浮尘。
曾闻古有凌云恋，于今可有后来人？

传说书生与一女子相约峰上，书生久候不见，郁然纵身跳入云海。女子赶来不见书生，亦纵身一跃，遂有始信峰名。

飞来石

女娲炼就补天材,心系金陵十二钗。
旷世痴情终不改,故从天外远飞来。

此石形状奇巧,仿佛凌空而悬,电视剧《红楼梦》以此做片头画面。

梦笔生花峰

生花妙笔原非梦,太白诗篇今古雄。
铁杵磨得花针小,奇思文采尽其中。

来到此峰,作家纷纷拍照留念,以壮文思。余未留影而留此诗。

北海观日出

跃上苍茫三百层,同观云海托金轮。
海阔天高心坦荡,龙腾虎跃鹤精神。

冒雨登上北海夜宿，晨观日出云海，令人心胸开阔，精神倍增。

登轿子雪山

跃上青峰九十弯，喜见滇中第一山。
满眼云杉迎墨客，半空飞瀑舞珠帘。
花海杜鹃翻雪浪，天池碧水洗烟岚。
风静花香双鸟语，心欲雄飞在其间。

丙戌暮春与秦桂珍局长、蔡薏萍诸君同游禄劝轿子雪山，至海拔四千米处，望一线天而却步。丙戌秋与成志、福三重登，终于得上天池，一览花海美景，了却心中之愿。二○○六年记。

会稽四题

一九八五年秋,吾与成志应上影厂之约,住鲁迅故居写《阿星阿新》,潜心伏案一月有余。古宅院中两树丹桂,一池锦鲤,秋风百草,令人文思清发。适逢中秋,沽鉴湖老酒,对饮庭中,情趣盎然,留诗四首。

住鲁迅故居

文章未卖先沽酒,鉴湖旧宅度中秋。
丹华秾艳芳庭寂,锦鲤逍遥碧水幽。
同饮他乡情未老,共研新稿意方稠。
自古文人多蹇促,何如樽酒解千愁。

访沈园旧址

曲巷横衢夕照红,沈园故址觅遗踪。
池阁依稀闻画角,亭台不复见惊鸿。
悲情绝唱流千古,慷慨豪歌发聩聋。
吾辈岂敢忘忧国,饱蘸浓墨写英雄。

谒秋瑾血碑

鉴湖秋水意深沉,清波漫诉似歌吟。
诗酒纵情豪侠志,闺阁难囚烈女心。
挥剑扶邦投万死,买刀护国掷千金。
秋风秋雨稽山血,铸就中华儿女魂。

游兰亭遗迹

远寻圣迹访兰亭,茂林修竹尚飞青。
曲水流觞闻酒令,清波妙写换鹅经。
千秋法度无朋侣,一代风流今古崇。
纵然后学臻精绝,神功毕竟属天成。

绍兴,越王勾践富国兴邦之地。书圣王羲之、文豪鲁迅、诗翁陆游、画仙徐渭、女侠秋瑾,皆炳耀今古。吾与成志留此月余,游览各处遗址,受益良多也。

桂林抒情（二首）

一九八五年十月，与成志赴南宁为《葫芦信》领奖，返昆顺道游桂林山水，赏心悦目，令人难忘。诗以志。

阳　朔

闻道人间有仙境，阳朔风光天下名。
一江袅娜琉璃水，两岸葱茏翡翠屏。
诗人不醒千秋梦，词客难穷百代情。
同游胜地三生幸，心魂此后两相萦。

独　秀　峰

秀出南天第一峰，千年风雨独孤零。
拨云拥翠春秋舞，叠彩飞霞朝暮情。
人生忧患寻常有，世道迂回今古同。
而今悟得青山志，踏尽崎岖心路平。

黔州三日游（八题）

谚云：黔州天无三日晴，地无三尺平。然一九九七年暮春，余与成志及昆明艺术研究所诸君，赴贵阳同游，红日高照，晴空万里，实乃天助我也。

晴 日

投笔从妻共远游，无边春雨漫黔州。
贵阳放我晴三日，猎尽风光兴未休。

观黄果树瀑布

百丈龙奔一水收，闻雷惊吼猛抬头。
疑是千古英雄泪，为洗人间万种愁。

游红枫湖

春来枫叶绿轻柔，春色春光更胜秋。
万顷春波生美意，一船笑语泛清流。

游 龙 宫

万古藏幽碧水流,人生难得几回游。
龙宫高唱当年曲,情思无限漾心头。

登侗寨鼓楼

凌云九鹤冲天宇,登楼闻鼓倍思雄。
游遍湖山人未老,风雨桥头花正红。

鼓楼飞檐有九只白鹤,下有风雨桥供人休息。

游天星桥(二首)

一

欲渡银河心荡摇,女娲炼石架星桥。
从今夜夜常相会,无须七夕盼心焦。

二

鬼斧神工惊造化，鸟飞云渡畏嵯峨。
相牵携手从容过，两心共护逐飞霞。

彝寨采风（二首）

一

虎山彝寨采民风，村头迎客酒香浓。
涂朱且做新郎戏，满场齐笑郭王公。

二

高歌快步舞翩跹，恣意忘情狂且癫。
尘世纷纭何复有，还我青春再少年。

贵阳老同学聚会（二首）

一

忆昔同窗争苦读，少年豪气薄飞鸿。
三十八年风雨后，难得真情似酒浓。

二

莫论荣枯过与功，且将恩怨付杯中。
追说当年甘苦事，千里边关共采风。

一九九七年四月与贵阳诸同学聚会，气氛热烈。诗以记。

登山野游即兴

结伴别嚣尘,且做自由身。
登峰挽落日,放野逐青云。
旅途虽短暂,生命贵精神。
踏进忘忧界,垂老亦天真。

二〇〇〇年四月五日

大美丽江

大美重游惜暮年,漫将梦忆赋诗篇。
玉龙飞雪蓝天净,金虎腾崖丽水欢。
古老经文创世纪,今朝伟业换新天。
当日红军敲石鼓,飞渡长江第一湾。

玉龙雪山、虎跳峡是丽江著名景点。石鼓镇是长江第一湾,一九三六年红二方面军在此渡江,北上抗日。长诗《创世纪》见于东巴经,记叙古纳西人开天辟地的故事。

野游即景（仿苏轼回文诗二首）

文字游戏也是功夫。东坡公独擅其趣。
慕公雄才，学赋二首。

夏 景

溪漫暖风熏野绿，柳丝牵醉夕阳山。
依依水色天蒙翠，嗒嗒泉声石绽寒。
泥出娇荷红霭霭，雨飞新竹巧纤纤。
堤岸扑来人看浪，诗情有味寄愁闲。

冬 景

高木孤零飘叶落，暗天飞雪涌群峰。
滔滔白浪凝脂玉，莽莽青林卧宇穹。
宵寒寂对灯残夜，往事忧思苦至冬。
昭艺德求真善美，险难文道莫平庸。

登 泰 岳（五首）

一

七十少年圆旧梦，腊月严寒上岱宗。
天门踏雪众山小，相扶绝顶步从容。

二

满目危崖争桀骜，遍山巨石露峥嵘。
谁与群黎铭苦恨，尽勒豪门帝胄功。

三

瞻鲁台前沐古风，曲城豪府已迷蒙。
自古书生崇淡泊，莫谓人穷道不穷。

四

凌云直落三千丈,曲折盘旋十八重。
由来骑虎难为下,忧欢苦乐在其中。

五

谁云老大无中用,经冬古木更青葱。
游遍天街天未老,夕阳普照万山红。

二〇〇一年冬,吾年七十,与成志谒孔庙,登泰山,诗以记。

游昙华寺

古寺已随飞石去,老茶依旧吐红霞。
数十年来风信骤,几多老败俊才华。
文章遵命难长命,名花不免似昙花。
佛祖如来犹自在,何须金殿耸云崖。

一九九一年春游昙华寺,只见有楼,不见有寺。

昙华寺赏花（四首）

木瓜花

繁华一梦沉冰海，零落芳菲草木衰。
熬得三九严寒尽，怒向蓝天百丈开。

牡丹花

千秋不绝《清平调》，天香国色斗春风。
只为花妍人不老，长留美意赋娇容。

仙客来

万紫千红不厌低，仙客有情人不知。
放眼高枝茶斗艳，何人垂目顾怜伊？

白玉兰

夜举银杯邀月舞,晨披雪袂共云飘。
世人莫道花无语,此中心事远尘嚣。

二〇一二龙年正月与成志游昙华寺,见百花盛开,牡丹最为艳丽,吸引镜头无数,木瓜花一片火红,白玉兰太高,仙客来太低,反而失去关注。

赏 樱

春满春城三月三,倾城喜上圆通山。
莺声笑语芳菲浪,霞舞香风炫彩澜。
满眼樱潮千树锦,连云花海万家欢。
快雪时晴留俊影,人醉花间心醉天。

二〇一四年二月十九日,昆明喜降春雪,圆通山上正是樱花盛开时节。人、花、雪相映成趣,蔚为奇观。

寄语亲人

题《诗韵新编》

幸贻南山种，而今遍岭松。
午夜听涛声，悠然忆此翁。

一九七六年春，成志父母来昆明团聚，丈人赠我此书。吾甚爱之，十年来从不释手，填词作诗，甚得其助。丈人谢世多年矣。每开篇页，犹记当年。
一九八六年赋诗以记。

慰老人

人生自古多忧患，古海无风水自澜。
君看岭上青松柏，风雪从容百岁安。

老人多病，为儿女诸事辗转难眠，作诗以慰之。
一九七六年元月三日

归 思（二首）

一

炎日行将尽，别家又四旬。
麻芒已落果，腹稿渐成文。
望江波渺渺，仰月意沉沉。
每到归期迫，思亲心若焚。

二

为文二十年，苦况共相怜。
得句同欣赏，寻章两不眠。
废稿如山积，诗文不值钱。
今夜江梢月，知否照窗前？

赴西双版纳采访写作，晚宿橄榄坝旅馆。天气酷热难眠，起至江边散步。见月出江梢，白浪流逝，顿起归思，赋诗以记。

一九七八年七月十六日

慰　妻

问君底事叹声长，无端镇日锁眉双。
鸟去鸟来浑自得，花开花落且相忘。
掘地三寻泉有水，磨刀百砺铁生光。
白浪从容东去也，迂回曲折到汪洋。

一九七七年四月十九日

为成志题照

笔做犁锄板做田，黑白摧磨十九年。
耘苗心雨涓涓滴，润物思泉默默潜。
怨怪詈骂寻常有，欣逢惜别累频繁。
莫道红花春自发，几多忧喜共难眠。

一九七八年，成志出席昆明市文教先代会，留照嘱题。

三棵树·赠成志三姐弟

锦江城外包包店①,曾为谋生种菜园。
父母教书育人才,清贫敬业年复年。
慈爱抚育三苗树,春风秋雨树参天。
一树扎根涪江岸,根深叶茂护民安。
一树挺拔南海边,红花绿叶映珠澜。
一树成长云之南,葱茏潇洒舞青山。
百年大树谁云老?故土情深育新苗。
新苗新树无穷尽,地北天南播绿潮。

成志、承慧、承璋三姐弟多年来相依相扶,感情笃深。吾与成志多次前往成都、绵阳、珠海,慧妹、璋弟及侄、甥辈热情接待,对此感慨良多,赠诗一首,以表心意。二〇一七年岁末。

戏 题

李公独酌啖全鱼,略胜挑灯读古书。
酒酣醉欲寻床去,始觉乾坤一片虚。

---

①包包店:指成都市金堂县的包包店村。

送李昂赴京入学

明朝又北去,阖家共整装。
慈母缝未已,离情共线长。
大姐语难休,喁喁诉衷肠。
相聚何不易,相别竟匆忙。
读书当报国,挥笔亦投枪。
愿尔常激励,勿负好时光。
忆我少年时,浮沉炎与凉。
庸庸奔衣食,岁岁苦青黄。
一去五十载,倏忽叹颓阳。
每做闻鸡舞,时争勃项强。
伐鬼何惜墨,为民尚称狂。
老笔谁云败,奇文偏欲长。
甘做铜蹄马,临风未释缰。
今夕依依别,儿女情谊长。
一樽五粮液,欢愉共举觞。
酒后雄思发,大野莽苍苍。
北斗中天曜,鲲鹏万里翔。

一九八二年八月十五日夜

贺成志五十寿

浮名一笑付流云,相携相怜两一身。
荒庭小院天伦乐,陋室清茶散淡心。
也为油盐争赤耳,同将肝胆铸诗魂。
今日摘来金缅桂,聊当美酒贺芳辰。

一九八八年五月,成志大师妹五十寿辰。时电视剧《金缅桂》即将开拍,电影剧本集《美酒神的叛变》亦已付梓,吉日良辰,可喜可贺。

贺成志六十六寿

六六芳春春已深,彩云喜现是黄昏。
共息经霜连理树,同闻比翼鸟清音。
等闲莫入烦愁界,事遂当收火烈心。
几番抛却猕猴冠,笑将白眼看青云。

乙酉春深,后山漫步,庆《彩云南归》签约之喜,聊博吾妻一粲。
二〇〇五年

送李昕母女赴美

驿路人生起落多,百年日月疾如梭。
英才伟业千秋铸,宝剑神锋百砺磨。
绝顶峰高恒屹立,无边海阔永扬波。
自强自立穷何憾?从今珍重勿蹉跎。

二〇〇四年十月,爱女李昕及外孙女果果偕同赴美,亲情难舍,赋诗以励其志。

赠 李 昕

莫叹韶华春易老,应怜秋韵独清妍。
秋山浪漫飞红叶,秋水逍遥舞碧涟。
秋空爽朗鹰自在,秋野金黄果香甜。
人到中年是金秋,月到中秋光满天。

癸巳中秋于美国泽西市,全家共度佳节,赋诗一首赠爱女李昕留念。

辛卯送别李昕、果果

朝朝夕夕盼重逢,蓦然离别又匆匆。

人生多少无奈事,注到心头总不平。

悠悠岁月同甘苦,绵绵长夜守黎明。

多少忧欢多少爱,无限关怀无限情。

登西山,游滇池,留下幅幅全家影。

挥彩笔,画美景,天真童稚显聪明。

老来但愿长相守,青春志大搏长风。

目送云里双飞凤,宁居寂寞故巢空。

年年两地云天路,岁岁重洋骨肉情。

从今山海两相望,慈心一片寄荧屏。

花里春风候喜讯,窗前秋月祝安宁。

他年他日他乡远,故国故园故老心。

二〇一一年八月,李昕母女自美国返回昆明,三代同堂,共享天伦之乐。返美之时,赋诗一首,共叙离情。并遥寄远居温哥华李昂、卢静一家。

寒夜远怀（四首）

一

秋风一夜吹秋叶，西窗老木隐悲声。
遥怜海宇天涯外，无巢落雁独伶仃。

二

雄飞万里凌云志，惊涛一叶故山情。
千古江湖风浪险，唯将老泪祝安宁。

三

少年失意安非福，老迈无才始悟经。
当年苦口皆良药，滴滴涓涓父子情。

四

江河万里迂回急,一波骤起一波平。
过尽险滩天海阔,且宜珍重待天明。

二〇〇一年十一月二十一日,久等李昂电话,倍感思念,彻夜难眠。诗以为记。

怀念爱孙嘉琪

海国花城初见面,天真活泼小灵童。
才届七月牙牙语,未临周岁斗虫虫。
欣闻乐曲频摇舞,手足爬行疾似风。
别来长忆天伦喜,夜夜重逢在梦中。

二〇〇七年十一月,吾与成志赴加拿大温哥华,与李昂一家相聚达半年之久,眼见孙女嘉琪聪明灵动,令人喜爱。返回昆明后,倍感思念,赋诗以记。

赠李昂、卢静

秋水经年别,思亲万里遥。
温城路已远,云山梦未凋。
长忆驱车游,老少乐陶陶。
看花一路彩,观鱼百迭潮。
冒雨行山路,推车越吊桥。
傍水留佳影,席地吃葡萄。
海角人鸥戏,渔湾心水涛。
鱼头烹豆腐,鸡腿烤香茅。
对饮冰红酒,祝福度春宵。
共聚天伦乐,人生能几遭?
业旺凭奋发,家和赖宽饶。
鸟飞高百丈,归家终是巢。
从今长祷愿,年年步步高!

乙丑立秋,与李昂、卢静夫妇分别一年矣。忆起在温哥华相聚生活,种种家庭场景,仍历历在目。赋诗一首,以记其趣,并祝全家幸福安康。

赠蔡波

怒水蓝山皆极品,非茶非酒更怡人。
世道癫狂当静饮,吾生孤冷合提神。
旧雨新云无贵贱,是甘是苦细分斟。
明朝又上崎岖路,留得香醇暖寸心。

贤侄婿蔡波嗜好咖啡,特赠我蓝山极品,并从美国来昆明邀余同赴怒江小粒咖啡产地考察,实想开拓一番事业。然终未成,甚为遗憾,作诗以赠。

再赠蔡波

千秋成败皆成史,百年得失总无常。
迢迢万里长相忆,共惜蓝山一缕香。

近日贤侄婿言及当年旧题往事,爰赋一题。

赠亚娟（二首）

一

少年怀抱云霄志，奇思文采见锋芒。
春芽破土风吹折，幼凤于飞雨打狂。
慈亲落难家堂黯，弟妹无依骨肉伤。
四十年来常抱恨，徒有伤神望故乡。

二

当年风雨孤单燕，漂泊天涯百虑煎。
无巢只为人间乱，多难缘由世道癫。
南海有灵浮弱命，春波属意渡婵娟。
他乡异国开天地，家道重兴担一肩。

一九八三年送亚娟返美后，作诗云："娇娇离巢燕，西飞万里行。孤枝怜旧叶，忍痛任飘零。"丙戌春节，重赋七律二首遥寄远怀。直至二〇〇七年赴美相会，又是一番滋味。二〇一四年，亚娟陪同畅游拉斯维加斯，极尽地主之谊，叔侄之情，至今犹存心中。

祭 亲 诗（三首）

一

一别漠阳五十年，归来老眼看春山。
无端走入乌蒙道，欲见慈亲已枉然。

二

每常梦里忆亲颜，犹享天伦膝下欢。
世事纷纭千百变，于今欲梦已无缘。

三

常悔今生尽孝难，养葬双亏只汗颜。
从今岁岁清明节，千里乡关祈冥安。

一九九九年六月偕成志回阳江祭先父母墓，并拜谒二伯父李萁纪念碑。李萁乃辛亥革命烈士，阳江市公园大道，即命名为"李萁大道"，一所小学也被命名为"李萁小学"。

赠大漠小酒

大漠无涯酒一盅,抬头邀饮月如弓。
汉时月照龙飞将,驱胡为国建奇功。
一世威名扬今古,千秋慨叹爵难封。
喜见伊人酹小酒,追颂英雄唱《大风》。

西汉名将李广,李族之先祖,戍疆卫国,屡建奇功。唐诗赞曰:"但使龙城飞将在,不教胡马度阴山。"戊戌新岁赋诗一首。

涪城议蜀史

重逢蜀汉英雄地,岁暮登山读古碑。
战火烧天观黑白,丹心照史识安危。
我辈生平多慷慨,他年身后亦无愧。
而今七十行年过,淡看红尘是与非。

丙戌冬与璋弟聚涪城,游西山,谒丞相祠,登子云亭,赋诗述怀。

为四弟辞世长悲

骨肉相分六十载,关山无计别泉台。
往日崎岖今在忆,当年落魄倍伤怀。
长贫只怨双亲逝,孤苦宁嗟命蹇乖。
愧为兄长关怀少,望云浥泪寄沉哀。

二〇〇九年八月九日,四弟之女小凤来昆明,见面甚喜。送别不久,忽接电话告知四弟竟然与世长辞矣。惊闻此讯,哀伤不已,赋诗遥寄长悲。

云 中 鸟

稚子破茅扉,焉知世道危。
自在云中鸟,何必火中飞。

成志有望升迁,吾劝其婉言辞谢。
一九八二年六月十五日

赠 茂 昕

十年阔别又重逢，昂然秀木喜葱茏。
武卫一方宁国祚，文传百代振家风。
吾生淡泊名和禄，世道癫狂过与功。
从今岁岁中秋夜，长祷月圆花更红。

二〇〇〇年夏于涪江之滨，与贤甥茂昕做忘年之谈，赋诗以志。乙酉新春茂昕与小君伉俪偕行，复聚春城。重书旧题以志永怀。

晚散步于翠湖闲谈

说长道短他人事，薄古非今我本无。
谪仙纵酒行无忌，屈子投江性自孤。
欢愉只为人知足，恼恨多因理太殊。
愿君莫入忧烦径，勤将笔墨写新书。

一九八三年元月六日

端午节（二首）

一

飘香粽叶包珠米，滴火榴花映碧池。
连宵快雨冲污朽，恰是娇荷欲绽时。

二

长街扑眼琉璃绿，老柳垂湖翡翠丝。
奇禽怪鸟争喧罢，小院幽清好赋诗。

广东粽子有甜有咸，味道与云南、四川大相径庭。是年突发奇想，自包粽子分送邻居好友，品其味道，赞不绝口。一九八四年五月于翠湖后山小院。

友情长久

赠老挝马黎伞·盛詹他司令

万顷金波连六国,千山绿野结芳邻。
江头朝唱澜沧曲,河尾暮听湄水吟。
佛节龙舟相竞渡,开门灯火互传心。
年年共饮一江水,相逢亲似一家人。

二〇一五年开门节之夜,于湄公河河畔与老挝波乔省军区总司令马黎伞·盛詹他同饮老挝国酒,赠诗留念。

赠巴巴萨技术学院赛康·潘塔翁校长

澜沧江水湄公河,千里航船通六国。
风雨阴晴同破浪,潮起潮落共掌舵。
一带一路架彩虹,连着老挝和中国。
开创人间新世纪,放声高唱《澜湄歌》。

二〇一九年中国—老挝旅游年赋《澜湄歌》,遥赠老挝万象巴巴萨技术学院校长雅属。

贺中国云南剪纸艺术马来西亚展

中华纸艺源远流,古树新花开马来。

春风秋月随心剪,流水行云妙手裁。

龙马精神大写意,人间雅俗畅抒怀。

不费丹青与翰墨,满纸风光扑面来。

二〇一四年,云南省中华文化促进会副会长秦桂珍率团赴马来西亚举办中国云南剪纸艺术展,受到各方赞赏。题诗以贺。

龙门看日出

群峰无语火云翔,龙门日出望扶桑。

京都贻画传千里,宝殿留踪睦两邦。

异国重逢云路杳,他乡梦忆友情长。

春城依旧花如锦,何日华亭落凤凰?

一九八一年为小女李昕题赠日本友人龙口美则。

赠秦桂珍老局长

十年文道沥丹心,小河淌水尚余音。
小子出山惊世俗,少年报国志凌云。
瘦马腾飞清吏治,青铜呈彩耀冰城。
休看秋叶秋风舞,春到春城花更新。

《小河淌水》《纳西小子》《少年聂耳》《瘦马御史》《青铜魂》皆为昆明市文化局老局长秦桂珍与众位艺术家一起,呕心沥血,精心打造之获奖剧目也。二〇〇二年作。

寄桂林丁章林

未识尊颜心是友,几番欲会总难全。
秋入桂林萦蝶梦,冬临海上促归帆。
漓水情深君有意,滇人福浅眼无缘。
愿君大作功成日,举杯两地对青山。

丁君乃上海写作楼所结识之文友也。

赠佐藤先生

云南五月花飞雨,去年分别又重逢。
晓岚暮霭春城美,曼舞轻歌情意浓。
隔海相望相邻友,百代人文道义同。
未辞千里寻精艺,喜看榆树更葱茏。

佐藤先生为日本东京榆树剧团团长,两次来昆明相访,作诗以赠。
二〇〇二年五月二十二日

赠伍世文先生

先生儒雅有清风,不辞万里会侨亲。
南涛遥远乡情近,西海欣逢中国人。
两岸龙孙同祖脉,百年强国系心魂。
今日欢饮故乡酒,他年回味意犹深。

丁亥端午应美国大西洋城台山宁阳会馆之邀,与台湾华侨协会理事长伍世文先生聚会共餐,即席题诗相赠。

赠白族著名作家杨苏（二首）

一

剑水钟山气韵雄，风云百代育精英。
刀丛百战争民主，山村长夜播光明。
筒裙巧织心灵美，铁马腾飞雪野红。
青春如火高歌烈，健笔长存孺子情。

二

豪情浓墨写奇人，亦文亦史两传神。
三迤风物催灵感，七彩民情铸滇魂。
政风廉俭垂高节，家道忠勤继后人。
喜见伉俪如松柏，流水青山不老春。

壬辰冬月为著名作家杨苏及夫人赵玲祝福。杨苏著作甚丰，诗中所提《没有织完的筒裙》《藏民飞骑》等影响甚为广泛。长篇小说《藏民飞骑》由吾与成志改编为电视连续剧，在中央电视台播放受到好评。

赠陈昌明先生

当年历尽无家恨,落泊人间苦难深。
万里漂洋开新路,十年创业沐侨亲。
散沙凝石坚如玉,众志成城固若金。
厚德名传东海岸,为有龙孙胆剑心。

二〇〇七年访美国大西洋城台山同乡会陈昌明主席,多年来先生团结华人,济弱扶困,感人至深。赋诗一首书赠。

赠张炳亮先生

中华厨艺千秋炳,食尽五洲赋盛名。
唐餐西法添新彩,欧菜中烹美亦精。
龙腾东海荣华埠,凤舞西洋旺费城。
父子双龙宏伟业,百家欢乐万家兴。

二〇〇七年为美国费城龙凤酒家及大西洋城百家乐饭店开业题赠。

赠张淑英

树拥螺峰八十翁，身未龙钟心尚童。
作赋吟诗观自在，挥毫戏墨舞长虹。
山野灵猴性潇散，无官无帽乐其中。
欣逢佳节思亲友，天涯遥望祝欣荣。

二〇一六年丙申端午佳节重书猴年贺岁诗，遥寄加拿大淑英亲家留念。

赠诗索画

当年举火觅凌霄，万丈红潮毕竟凋。
而今欲乞萧疏竹，长留青眼看尘嚣。

一九七五年，云南画院院长王晋元曾允赠凌霄一幅未得，赠诗再索。然至一九九七年，此诗尚未付赠，忽闻王君逝世，伤痛不已。王君乃植物学家蔡希陶之女婿，又为我们多年邻居，创作《走向绿野——蔡希陶传》，多得他夫妇二人帮助，重录以悼。

赠长影王恺大兄

相逢相别两匆匆,无边风雨入关东。
诗画久闻双笔健,文物原宗百代功。
老骥犹思驰大野,铜蹄不息叩长风。
何年圆得沧江梦,滇池邀饮又相逢。

一九八四年秋冬,困守长春电影制片厂修改《洱海月》,深得编辑王恺大兄关怀,临别王兄赐名家邵功勋所治印章二方,至今常用也。

赠贾力先夫妇

几番云岭步云来,春意虽浓花不开。
世上机缘争耐等,人间成败费疑猜。
苦酒聊充甘露饮,家鸡怕上凤凰台。
岂是东君差法力,只缘小树未成材。

贾力先、盛曼殊乃长春电影制片厂编辑,多次来昆明组稿未果,赠诗为歉。
一九八三年五月二十日

赠上影厂陆寿钧

小凤险为秃尾鸡,寿钧法眼识神奇。
重将彩笔描金羽,复令仙禽舞妙姿。
盘山绕水疑无路,欲死逢生又转机。
愿君慢吃热豆腐,电影由来惊险奇。

陆寿钧乃上影文学部责任编辑,也是写过《神秘的大佛》等优秀剧本的剧作家,对作者尤为关心、扶持。吾与成志赴上影厂修改电影剧本,多得他的帮助,心中常存远念。赋诗以志。

赠茂修、健池

十年阔别无消息,此日重逢竟古稀。
得道群公应厚禄,愚忠我辈老相依。
江湖水满君堪搏,陋屋山幽我自怡。
酒酣细说当年事,谈诗论剑夜阑时。

戊寅秋月与好友茂修、健池重逢,作诗相赠。

往 事

寒流百丈锦官城，相逢无奈两心惊。
八亿苍生归九类，十年家国毁亲情。
远乡兄弟多罹劫，同道友朋尽敛声。
夜雨苍凉挥手别，含悲忍泪祷安宁。

四十年前往事，八十岁后重述。前事不忘，后事之师。

赠蒋印莲

蒋公应喜谪仙名，娇霞一朵降椰城。
风起绿云塍上舞，雨来细乐画中听。
独立清波惊世俗，超然淤壤笑浮生。
闻道佛缘前有约，冷眼龙钤归性灵。

蒋印莲教授出生于印度尼西亚之椰城，云南大学对外汉语教学资深专家。多次到美国、孟加拉国、马来西亚等国传授汉语。
二〇〇三年三月癸未新春，题诗以赠。

赠张福三教授

共室同窗相切磋，少年淡泊也堪歌。
如磐岁月阳春暗，似水流年苦难多。
而今渐入斑头党①，无奈同登耳顺科。
何憾此生无印绶，尚有真情共唱和。

张福三教授乃吾与成志同窗好友。二〇〇六年一月二十三日，福三参加吾与成志赠书活动，会上有感而发，言简意赅，情谊深长。赋诗以赠。

寄江玉亭（三首）

一

一曲《长沙》已动人，七载流光声岂沉。
滇海波涛犹未息，九州风气已更新。
愧无佳句酬君索，尚有豪情为国奔。
何年一剪西窗烛，听罢新声细论文。

---

①斑头党：指鬓发斑白的同辈，鲁迅曾有"牙痛党"之戏称。

二

词为躯体曲为魂，魂体相融情始深。
笔底无仇何用杀，胸间有爱是为真。
为词果若惊天地，作曲能无泣鬼神。
此意难昭我亦拙，茶壶载饺叹囫囵。

三

一身瘦骨历风尘，大目乌黝年渐深。
虽无两鬓霜清白，已见双飞鱼尾纹。
长存热血持真理，每浇胆汁写忠魂。
纵然莽石难为器，路底墙基奠此身。

江玉亭原为云南省歌舞团作曲，后调到河北石家庄。他曾为毛主席词《沁园春·长沙》谱曲，传唱一时。余与之下乡创作歌剧《滇海波涛》，共同生活数月。一九七八年三月十五日得玉亭信，诗以记之。

答通海中学校长杨千成诗

五十年来是与非，心存家国系安危。
杞水①有情波映日，秀山诗化草含晖。
千寻艺海钩诗史，一代黉堂铸口碑。
鸟上青云留美韵，春归大野化芳菲。

二〇〇五年二月二十日，接同窗好友通海中学校长杨千成诗、信，奉还一首。录旧作遥寄怀念之情。

杨千成赠诗②

屈指沉浮六十春，镜中频见鬓霜增。
寻章摘句雕虫手，洗耳涤尘送客冰。
心诚自留诗史叹，人痴犹效放翁行。
寂然蓬荜飞鸿至，秀野撷芬寄友人。

---

①杞水：指云南省通海县境内的杞麓湖。
②此诗为杨千成所写。

赠李希麟女士

惯从慧眼看乾坤,心有菩提手有神。
奇光一瞬成无价,妙影缤纷赛黄金。
天上云霞留倩影,人间春色化温馨。
但得新诗常入画,即使无声也动人。

李希麟女士为《古道之恋》照片摄影,拍摄过程中多方联络,出力颇多。为其摄影艺术题赋并贺乔迁大喜。
一九九五年孟夏

赠王克恩

苍茫天地归三寸,万古光阴摄一方。
世上美人皆不老,寰中春色任留长。
金蜂酿蜜千番苦,紫燕追春万里翔。
意为人间增异彩,身居暗室又何妨。

王克恩乃昆明摄影师,技艺高超,为人热情,作诗以赠。

赠叶友华

少壮年华胆气豪,千里边关斩不毛。
三叶多情绣绿野,银胶化雨涌春潮。
喜看版纳腾金凤,更待南河飞电桥。
神州万马奔驰急,愿君奋力策前茅。

叶友华乃西双版纳勐捧农场党委书记,入边已三十五年,吾与成志采访时多得相助,题诗以赠。

题版纳金凤宾馆

华堂撷尽傣乡美,雅舍长迎宾至归。
宏图巧绘神来笔,版纳春浓金凤飞。

一九九七年二月二十六日,应叶友华书记之邀,参加勐捧农场金凤宾馆开业大庆,赴西双版纳题诗以赠。

赠梁兵、吴嘉娴伉俪

三十四年风雨情,载歌载舞影随形。
鸟唱秋空双比翼,花舞春潮岁岁红。

梁兵乃男高音歌唱家,吴嘉娴为舞蹈家,二人多年与我家为邻,友情甚笃,作诗以赠。

题张邠侯《合唱艺术与指挥技巧》

四面楚歌垓下战,八方滇乐雨中声。
灵指轻挥天宇静,满堂洗耳听雷惊。

闻笛·赠陈文涛

绕楼玉笛巧飞声,朝暮相闻游子情。
春风秋雨撩长恨,化作诗潮上碧穹。

闻音乐家陈文涛笛声悠扬,赋诗以赠。

赠阳亚洛

春雷一曲激情浓,胡兰浩气贯长虹。
春归大野留芳草,鸟上青云播美声。

阳亚洛为云南省歌舞剧院女高音歌唱家,声乐造诣颇深,曾演出《刘胡兰》《春雷》等著名歌剧。

重访糯黑寨

灵猴戏水吉祥地,云峰拥翠耸蓝天。
圭山奇石钟神秀,撒尼巧手造家园。
姑娘欢唱祝酒歌,小伙弹跳大三弦。
青山摆出彝王宴,远方来客共尝鲜。
丹青妙手纷云集,挥洒豪情绘梦圆。
酒酣吟唱阿诗玛,篝火长歌不夜天。

糯黑,彝语为猕猴戏水之地,传说为阿诗玛故乡。三十年前电影《姑娘寨》拍摄于此。今与外孙女果果重游故地,题诗赠"彝人部落"山庄留念。

题阅卷楼

阅尽红尘书一卷,少年漂泊渐如秋。
满眼高楼非我属,天宫玉宇寄神游。

阅卷楼主罗田杰先生精通篆刻艺术,所刻印章构思奇巧,笔力雄劲,令人回味无穷。
壬辰暮秋良振八十四岁题赠于耦耕斋。

赠 唐 浩

笑对浮生入暮年,当时豪唱薄云天。
山头放马心怀阔,大渡高歌意气轩。
夫写妇裁成美意,诗情墨韵足延年。
从今常入圆通境,夕阳华艳照无边。

唐浩乃云南省歌舞团男高音歌唱家,退休后喜爱书法,其妻张女士亦学裱画,二人相得益彰,虽垂暮之年,亦大有可为也。
一九九五年中秋

题镌刻师

金石千秋镌古文,纵横方寸蕴精深。
昔传滇国王侯印,今逢滇友艺传人。
心存黑白排兵阵,指度阴阳招墨魂。
万古痴顽犹可化,一刀石破字传神。

壬辰深秋题赠罗田杰、刘兵等镌刻师留念。

赠裱画师

妙说书画不装裱,将军泡在澡堂中。
三分书画七分裱,一代名师百炼功。
月上秋空光更满,花逢春雨色犹浓。
莫道方平皆直白,天宇平淡隐无穷。

画家韩柯妙语:书画不裱装,将军下澡堂。题诗并赠徐珂等装裱师留念。

万吉茶坊品茗（二首）

一

村外亭台雅，花影沏清幽。

茶自云峰采，水从沧江流。

意由品中悟，味回梦酽稠。

涤尽尘俗气，心净即无忧。

二

云雨雾露霞，神山仙谷崖。

千年古茶树，三春发灵芽。

采折搓揉打，熏蒸烘焙压。

岁月酿醇香，万吉普洱茶。

常到云南民族村万吉茶坊品茗，得茶诗二首。赠桔掌柜留念。

丁酉中秋圆通后山八十六翁李良振作。

下卷 词选

水调歌头·题张承源著《毛泽东诗词探美》

巨笔挥宏文,神州天地新。
当今诗坛词苑,文采出奇新。
评说风流人物,指点江山宇宙,
气魄动乾坤。
情到浓酣处,字字中华魂。

君笔健,精思辨,重求真,
广征博论纵横,妙文释义新。
高山流水可掬,沧海明珠难觅,
君何探美深!
从此留青眼,连篇读美文。

二〇一〇年读张承源《毛泽东诗词探美》,赋词以赠。

水调歌头·红山茶

春城多紫气,云岭有奇葩。
郭老题诗称赞:牡丹不及茶。
凤落群峰播绿,龙舞丹珠吞火,
傲雪艳中华。
邀梅报春早,伴月俏苍崖。

树拥云,叶飞翠,花醉霞。
玉蕊金心,开满春城鹰市花。
国泰年年花好,民安岁岁梦圆,
人花共争发。
游子他乡梦,故乡红山茶。

二〇一〇年春节于温哥华伊丽莎白公园见数株云南山茶如火盛开,乡愁油然而生。

蝶恋花·感怀

平生喜放归山虎,
无官无禄,
竟也招谗妒。
妻儿笑我痴顽古,
盈箱废稿徒劳苦。

流光逝水何须捕,
每忧家国,
犹效闻鸡舞。
宜功宜过由人数,
我留一笑存胸腑。

一九八三年,余曾挨批蛰居斗室,几陷绝境。然最后无凭无据,挑事者只得无趣收场,不了了之。

蝶恋花·赠元华、美莹

人过中年千里走,

且喜贵阳,

品得鸭溪酒。

未卜何时重聚首,

匆匆一面又分手。

二十四年龙虎斗,

流年如水,

独有人长久。

感慨累殿同窗后,

攀云无奈争短袖。

一九八三年元月十六日,经贵阳赴上海改稿,与元华、美莹及德风诸同学相聚甚欢,赋词以赠。

念奴娇·赠成志

文海迷茫，有几多风浪。
扁舟一叶，二十四年同难劫。
唯与相依相挈。手执难经，
两心同颂，更阑犹漫揭。
频年相别，误了多少花月。

每伤如火青春，无端耗竭。
独有情难灭。
莫道人间寒似雪，此心犹可熔铁。
苍颜面壁，振志奋笔，共写凌云帖。
望岳登峰，为君舒放眉结。

自一九五九年与成志合写《葫芦信》开始，二十四年备尝人生甘苦。知我者，唯成志耳。与其纠缠是非，何如埋头写作。写于一九八三年。

蝶恋花·送成志赴长春

娇荷初绽迎新暑，

梧桐斗绿，

伴我临风舞。

长车入夜离江浦，

此心偕去同甘苦。

朝朝相对东窗曙，

文林逐猎，

誓共擒雄虎。

他年万目共欢睹，

开怀听我捶龙鼓。

一九八五年七月六日，成志赴长春修改《洱海月》，余留沪写《鼓王》。两部作品，同时打磨，层层审阅，时间紧迫。分别在即，不胜依依，赋词以送。

水调歌头·赠高鸿鹄、黄昧鲁

赣水多英秀，青江自古灵。
每论东坡安石，风雨系生平。
当年南国红豆，应是中华血肉，
塞外许长城。
双飞龙凤管，壮志薄青冥。

会泽院，映秋坪，留俊影。
二十八年，埋首甘愿做园丁。
拨尽云幡雾幛，银坛多少新星，
岂为逐功名。
尘世纷纭事，付与笔中情。

高鸿鹄，四川青衣江边人，原中国电影家协会书记处书记，与苏东坡同乡。黄昧鲁，江西临川人，与王安石同乡也。二人均为余在云南大学中文系读书时的同学。一九八四年八月于长春电影制片厂遇高黄二君，题赠词一首。一九九三年，昧鲁猝然而逝，不胜悲忆。

满江红·贺词

少年从军,怀壮志,满腔热血。

为革命,死做鬼雄,生当人杰。

千里征程弹雨过,

十万大山烽火越。

唱战歌,进军大西南,戍边堞。

喜儿泪,胡兰血,情悲愤,声壮烈。

振军威,祖国边关如铁。

牺牲报国从无憾,

战友初心犹在列。

看神州、大地红涛涌,连报捷。

二〇一八年,中国人民解放军第十四军文工团建团四十五周年,与战友相聚,共忆当年意气风发奔赴征程,豪情万丈高歌猛进。赋词以志。

水调歌头·通海聚会

杞水开天镜,秀山秋意浓。
三十七年非梦,此日又相逢。
当年牛虎豪气,虽历千磨百劫,
依旧见英风。
慷慨论素质,言惊四座中。

会泽楼,映秋院,少年情。
冥冥火种,无愧热土化熊熊。
人有三灾六难,事有阴差阳错,
中外古今同。
愿存稚子心,笑对夕阳红。

一九九六年九月二十日,应通海中学校长杨千成盛情之邀,与在昆明的老同学相聚通海,论素质教育,登秀山海月楼共叙旧谊。同聚者千成、福三、从中、汉洲、光汉、仁澍、必雨、从善、俊芳、静华、国祥、曼卿、成志、良振共十四人。

南柯子·赠张福三教授

云岭同觅梦,滇海共寻真,
浓情淡墨写奇文,飞舞琼瑰百万、铸民魂。

少壮心未泯,老来知更深,
幽居野史正宜人,喜看秋枝硕果、醉彤云。

鲁迅题赠瞿秋白书曰:"人生得一知己足矣,斯世当以同怀视之。"吾与福三教授,四载同窗,五十年为友,风雨同舟,荣辱相系,亦知己也。其为人忠笃,为学诚谨,天赋文采,下笔浩荡有奇思。年近古稀,犹著述不已,且诸体兼长,亦难能可贵。吾素慕其才而重其义也。一九九七年秋,值福三乔迁之喜,赋词以贺。

水调歌头·五台抒怀

相扶大智路，登高上五台。
放眼清凉世界，群峰扑面来。
回首云山风雨，几多艰难困苦，
此日付尘埃。
临空一长啸，悲风起壮怀。

走绿野，铸铜魂，夺金牌。
宝刀未老，新锋岂让少年才。
神游天地今古，梦追青春时代，
真情永不衰。
愿得子山笔，凌云登五台。

二〇〇〇年六月一日，与成志赴太原为《青铜魂》领奖，后登五台山有感而赋。庾信，字子山，晚年作《哀江南赋》。杜甫曰："庾信文章老更成，凌云健笔意纵横。"五台者，又谓《走向绿野——蔡希陶传》《青铜魂》《阿昌刀》《昆明往事》《花花世界》等五部筹演筹拍之影视剧也。

浪淘沙·抒怀

癫狂酒醉中，恍似儿童。
登台振臂尚弯弓。
百步穿杨非梦说，岂谓途穷。

生平不羡功，乐得从容。
俏词妙语显玲珑。
欲制鸿篇惊世俗，笔底流风。

一九九七年开年之日，启笔修改《走向绿野——蔡希陶传》，预计近四十万字，乃平生之大作也。此书二〇〇〇年由时任全国人大常委会副委员长周光召作序，云南教育出版社出版，后改为电视连续剧《大地之子——蔡希陶的故事》，二〇〇一年获中宣部"五个一工程"奖，亦足慰也。

江城子·北美感怀

一年三地两匆忙,

人如蓬,事如汤。

繁华不尽,烦恼也悠长。

风光饱览心难系,

山共水,是他乡。

夜阑梦醒倍惆怅,

天欲晓,夜未央。

千思万绪,欲断却难忘。

不如归去续华章,

长相守,小寒窗。

二〇〇七年至二〇〇八年,赴美国后又赴加拿大,有感而赋。三地乃指中国、美国、加拿大也。

跋

云水悠长,岁月如诗

李良振对古典诗词的爱好,追溯起来,还是有些家学渊源的。他祖籍广东阳江,曾祖父李春元(1818—1878),字雪村,平生淡于荣利,教授讲学,造就宏多。且生性聪颖,为学能文,犹工吟咏,著有《雪村吟草》三卷,至今仍保留在阳江市文史馆。二伯父李萁参加辛亥革命,后来捐躯成为烈士,留下不少充满革命热情的诗文。孙中山为其题写纪念碑文,其纪念碑屹立在阳江鸳鸯湖畔,令后人敬仰怀念。阳江市公园大道,已被命名为"李萁大道",一所小学也被命名为"李萁小学"。祖辈诗词,良振经常吟咏揣摩,这为他的诗词功底打下良好基础。

一九五五年,良振考入云南大学中文系,我恰与他成了同班同学。二年级的时候,系里开了唐诗宋词课。

给我们上课的是云大校长李广田的夫人王兰馨教授，她对唐诗宋词熟稔于心，讲起来旁征博引，让我们沉浸在诗词的优美境界中。我发现，李良振同学对这门功课的专注程度超越了一般同学。在有关诗词的讨论中，他常常发表一些独到的见解。其探索与研究的精神，给我留下很深印象。以后我们之间渐渐产生感情，他就常常以诗表意了。因为顺应潮流吧，那时他写的是白话诗。

真正意义上的旧体诗，是一九六二年写的《古诗吟》。诗中将历代诗人的诗风诗品做了极为简略的概括，体现了他读古诗词的广博与用心。从此以后，他以诗寄情，写了不少旧体诗词。"文革"期间，他就借此宣泄胸中块垒，"文革"结束以后直至现在，他更是一发不可收。诗句在心中涌动，不可不一发而后快。他的朋友们常常从自己的喜好评论，或褒扬，或欣赏，或传诵，渐渐地，读的人也多了起来。如今他的诗词书法作品有的已获国家级奖励，并受到各界人士赞赏、喜爱，美国、加拿大及国内均有团体或个人收藏。

纵观他的诗词，涉及的内容十分广泛。国家大事、社会变化、自然风光、四时花木、采访创作、旅游踪迹、亲友交往、日常生活，皆可入诗；随时随地，各种场合，大事小事，不同对象，不同处境，过往杂忆，现实感慨，皆可写诗。时至今日，他的旧体诗词已有相当数量。

其中，《云岭行歌》是他很费了些心思写出的。每首诗往往是由于某件事情的触动，酝酿思考若干天才动笔，写的时候则一气呵成，之后再做多次修改、调整。

《云茶歌》写于一九九八年，诗中将云茶从采摘到制作的经过做了细致的描写，诗句轻松活泼，富于音律节奏之美。良振喜欢喝茶，也懂得品茶。他曾沿茶马古道，亲自到茶山、茶厂了解云茶的采摘和制作流程，深知云茶的悠久历史和厚重的文化内涵，于是发出了"结缘一片灵犀叶，九州四海品云茶"的感慨。该诗写成后被反复传诵，流传较广，不少朋友将这首诗加以装裱，展示把玩，表现出对这首诗特殊的喜爱。二〇一六年，该诗获第二届"中华情"全国诗歌散文联赛诗歌类金奖，二〇一七年获"相约北京"全国文学艺术大赛书法类一等奖。

《大树赋》原来写于一九七六年。"参天云岭树，扎根生红土。一朝做栋梁，凤翥龙飞舞。"诗中描写了大树经历的种种际遇，仍盼望回到自由自在的大自然之中，乃是怀念植物学家蔡希陶和种了满山绿树的保山地委书记杨善洲。

《江舟吟》是根据作者早年乘木船沿澜沧江往返的经历而写的。去的时候顺流而下，何等畅快："景洪登舟下勐罕，恍若神仙驾飞毯。两岸青山红点染，一路雨林绿奔眼。"回来时则逆流而上，何等艰难："午后回舟逆江返，诡若骑鱼攀石坎。恶浪吞天群虎啸，险礁腾水乱刀斩。"最后写道："回望舟工闲若定，文身赤膊牵绳缆。激流放歌声震峡，踏尽狂涛神畅坦。"劝告人们要平静地对待生活中的顺境和逆境，凡事皆要泰然处之。

有趣的是那首写给著名画家姚钟华的《赏画歌》，本意在写对其画作的赞赏与感慨，不想却被中央美院的朱乃正院长读到，一时兴起，提笔写了"奇异人中龙"几个龙飞凤舞的大字，题款为：壬戌之年应良振道家雅属。良振收到这幅字，自觉担当不起这样的高评，于是珍藏起来。

再如《登山赋》，本是二〇〇八年我的七十寿辰，良振于温哥华赋诗以贺。今年我已年届八十，他亦八十有七矣。此次重改旧作，以纪念我们六十多年联手写作的曲折坎坷，表达我们对生活的共同心愿。

《后山杂咏》则是良振最具个人色彩，最为个性化的诗篇。其中有他对人对事的态度，他的人生理念。良振出身世家，祖上有过为官者，但大都淡泊名利，清廉做人。良振全身心投入文学艺术创作，对官场深浅、职场升迁等事概莫与闻，这正反映了他性格中恬淡处世的可贵之处。

我们的居所中，住得最长的，都是后山，先是翠湖后山，后来是圆通后山，虽为陋室，我们在其中耕耘创作，交流互动，指点品评，斟酌推敲，共得其乐，故命名为"耦耕斋"。《翠湖后山杂咏》有"小庭花欲醉，蛱蝶舞联翩"，《圆通后山耦耕斋》有"华堂闹市非吾适，此生宜做后山人"，就是我们生活的写照。

良振的人生态度是积极向上、乐观豁达的，创作也奋发努力，探索不止。如《五十二岁自寿》是当日闻钟晨起跑步，明月当空，情趣盎然的即兴之作："岁月风尘过与功，此身独善固非穷……今日老夫何用醉，霜钟晓月逐长龙。"二〇〇七年，他已七十五岁，仍然笔耕不辍，壮心不已，希望能够"同歌国运呈新象，共赏文坛百卉香……年高岂敢忘忧国，笔底长流胆剑光"。

他的一些杂咏诗，往往从普通的事情中引发出世态变化、人生况味。如《品茶》："龙团凤饼云茶美，古树春芽意韵深……浮世纷纭心自洁，馨香一盏可参禅。"《观棋》则直抒胸臆，阐明"以和为贵"的道理："人间世道如棋局，纵横进退博输赢。"《赠茂修、健池》写老友相见,各诉衷肠,感慨万端:"十年阔别无消息,此日重逢竟古稀……酒酣细说当年事,谈诗论剑夜阑时。"这些诗细细读来,意味深长。

《感事抒怀》的内容涵盖创作、生活的方方面面,其中的甘苦酸甜,坎坎坷坷,修改剧本时的焦虑、等待,剧本完成后资金的筹措,拍摄过程中的艰难,等等,在诗中都有或详或略的描述。由此可以看到良振的创作经历与人生轨迹。

良振的回文诗多有感而发,别有一番意韵。他第一次创作这种诗体,是在一九九六年秋。我们应老同学杨千成隆情之邀,与诸同窗游览通海,登秀山海月楼,良振即席赋回文诗一首,开头写景"秀山秋雨秋山秀,楼外天清天外楼"。后则转入情绪的抒发"酒伴诗浓诗伴酒,愁消语快语消愁"。大家顺过来倒过去吟诵一番,觉得颇为新鲜有趣。

一九九七年写的《大理月夜》,是我们三宿大理桂苑居家庭旅社时良振自书赠送主人以表谢意的。主人将其挂在中堂,引得来往客人纷纷诵读传抄。二〇〇四年写的《喜洲神韵》,也受到严氏家人和游客们的喜爱。

以后,良振在描写景物的视点上,更有了进一步的开拓。如《九寨沟观水》,以水天、云山、涌泉、飞瀑，描写水的色彩变化；《张家界看山》以幽谷、翠野、云上树、雨中山，描写沿途景观，情景交融，把读者引入山水立体画面的想象中，似乎亲临其境，亲闻其声，别有一番奇妙的感受。

回文诗写得最多的，是云南的自然风光。良振在诸如轿子山、盘龙寺、大观楼、翠湖、圆通山、滇池等景点皆有诗作。诗中将景物与个人感受紧密结合，最后的点题之句常常使人进入一些意想不到的境界，令人回味揣摩，心有所悟。

《游踪留韵》是因为我们修改剧本时，经常来往于北京、上海、长春、成都等地，常常借等待剧本审阅的间隙各处游历，其中以登黄山和在绍兴住鲁迅故居最为愉快。到贵阳老同学相聚，也令人难以忘怀。

良振对亲人充满深厚感情，出门在外，总是对家人念念不忘。如《归思》："望江波渺渺，仰月意沉沉。每到归期迫，思亲心若焚……今夜江梢月，知否照窗前？"对家庭生活的乐趣，他也是很在意的。儿孙们远在他乡，他常常牵挂想念，写诗赠寄，表达慈父和长辈的关爱。

良振赠送朋友的诗写得不少。值得一提的是在美国大西洋城，我们应邀出席宁阳会馆欢迎台湾华侨协会理事长伍世文先生的餐会,得知他曾面对"台独"势力质询回答:"我是中国人。"良振极为欣赏,即席题诗相赠:"……两岸龙孙同祖脉,百年强国系心魂。"四座惊喜,不少华人也趁机索求,良振根据各人情况,即席而作,皆大欢喜。

良振写的词较少,但也不乏可圈可点之处,且大都是用心之作。如《水调歌头·五台抒怀》写的是《青铜魂》获奖后去太原领奖:"相扶大智路,登高上五台。放眼清凉世界,群峰扑面来。回首云山风雨,几多艰难困苦,此日付尘埃。"激动之情溢于言表。

我不会写诗,尤其对旧体诗词格律不甚了了,但良振的诗词写成后,我成了他的第一个读者,有时也与他斟酌推敲,偶尔当当"一字之师",在这里也就是谈谈对他诗词的个人感受,仅提供一己之言而已。文章就此打住。

成志
二〇一八年六月十日于昆明